airiti press

airiti press

大學國文選

戴麗珠

airiti press

權力使人腐化，

詩使人淨化

～甘迺迪語

目錄

前　言

筆者喜歡詩歌文學，也很認同甘迺迪的話「權力使人腐化，詩使人淨化」，所以本書精選詩歌作品，作為大學國文課程的教學內容，用意在以詩歌陶冶人格。並選取孟德的度關山的樂府詩為講課開宗明義的第一首詩。期待學子培養人為貴的責任與平等觀念。達到以下求學、做人目標：

1. 關懷社會：要有史識、要有人文素養（人本精神）、要有藝術修養（美育）。如：孫中山、蔣渭水。
2. 認清我們的根源：河洛人、客家人，都是古漢人，河洛語（閩南語）就是古漢語。由於逃難、遷徙，以至一般人都不知道這一段歷史——我們是正統的漢文化的傳人。
3. 教育宗旨：全人教育即完人教育，是將儒、釋、道、西方哲學統一於一身，一生勤修。達到孔子曰：「志於道，據於德、依於仁、游於藝。」的境界。

戴麗珠

2008年8月21日

於自治街家中

一、魏樂府

曹操　度關山

天地間，人為貴。
立君牧民，為之軌則。
車轍馬跡，經緯四極。
黜陟幽明，黎庶繁息。
於鑠賢聖，總統邦域。
封建五爵，井田刑獄。
有燔丹書，無普赦贖。
皋陶甫侯，何有失職？
嗟哉後世，改制易律。
勞民為君，役賦其力。
舜漆食器，畔者十國。
不及唐堯，采椽不斲。

世歎伯夷，欲以厲俗。
侈惡之大，儉為共德。
許由推讓，豈有訟曲？
兼愛尚同，疏者為戚。

賞析：

起首四句提出宇宙間以人最為尊貴，為政者治理百姓，是為百姓制定應遵循的法則。

其次四句言為政者要四處考察百姓生活，足跡遍佈四方之地。選用美善的人，罷黜邪惡的人，百姓自然能生長繁衍。

第三段四句寫曹操提倡法治。

第四段四句寫制定法律，不隨便赦免犯罪者，司法官那會失職？

第五段四句感歎後代人改定制度法則，君主勞役百姓。

第六段四句寫虞舜奢侈，反叛的人很多，他及不上唐堯的節儉。

第七段四句舉伯夷為例，寫人人想激勵風俗、尚儉讓，奢侈是最大的罪惡，節儉是上下共同遵循的美德。

最後四句，舉許由為例，若他出來做君王，世上那會有刑訟冤屈，並採行墨子兼愛尚同的思想，希望人人平等，關係親密。

翻譯：

天地之間，人格最為尊貴。

建立國君照撫百姓，為百姓定法則。

乘座馬車巡視考查，巡狩四方。

罷黜不好的人，獎賞好的人，老百姓因此繁衍不息。

啊！古代的聖賢明君，總理全天下。

訂定封建制度，設立公、侯、伯、子、男五等爵位，制定井田制度和刑法。

頒佈刑法，嚴格實行法制，不可隨意赦免犯法的人。

執行法制的官吏，那一個敢失職。

啊！到了後代，改變先聖先賢訂定的制度，不守法律。

做國君的人勞役百姓，役使百姓。

虞舜奢靡度日，叛民四起。他及不上唐堯的儉樸。

世人都感歎古代高士伯夷，為的是要鼓勵民風樸實。

奢侈華靡的生活，是大錯特錯的；節儉才是好道德。

古代的高士許由，推讓君主之權位；人人都像他，那裡會有訴訟冤屈的事？

墨子兼愛、人人平等的主張，使關係疏遠的人也變得很親密。

二、漢樂府

衛皇后歌　漢民歌

生男無喜，生女無怒，
獨不見衛子夫霸天下。

《漢書・外戚傳》記載，出身寒微的衛子夫本是平陽公主家的歌女。一次，漢武帝祭祀霸上，經過平陽侯邑。飲酒，歌女進，武帝獨幸衛子夫。平陽公主上奏，送衛子夫入宮，封為衛皇后。衛子夫封為皇后後，將其親眷（衛青、霍去病）攀引朝內。霍去病以軍功封為驃騎將軍，衛青封為長平侯上將軍，衛氏一族權勢震動天下。

〈衛皇后歌〉就是當時流傳的一首，旨在表現漢代一女得地、雞犬昇天，支屬皆侯，外戚顯貴而獨霸天下的民間歌謠。收在《樂府詩集》「雜歌謠辭」中。

這首歌謠只有三句，首二句用幽默諷刺的口吻唱著「生男無喜，生女無怒」一反古代重男輕女的觀念，展示出一幅女子得寵皇上，也能光宗耀祖威震天下的世相圖。

這首歌謠，雖然簡短，但是，它在中國詩歌史上，卻具有舉足輕重的地位，唐朝白居易〈長恨歌〉譏詠楊貴妃的有名詩句：「姊妹兄弟皆列土，可憐光彩生門戶，遂令天下父母心，不重生男重生女。」顯然，是受到這首歌謠的啟迪而寫出的，兩兩相較，可以看出〈長恨歌〉對〈衛皇后歌〉的藝術借鑒。

蘇東坡的〈雨中遊天竺靈感觀音院〉一詩首二句：「蠶欲老、麥半黃。」後人評如古諺謠，說它似諺似謠，盎然古趣。雖然詩意不同，但運用〈衛皇后歌〉的痕跡，是不容否認的。

〈衛皇后歌〉因為是一首民歌，所以用詞平鋪直敘，口語化，質樸，不經雕飾。

城中謠　漢民歌

城中好高髻，四方高一尺；
城中好廣眉，四方且半額；
城中好大袖，四方全匹帛。

此詩收在《樂府詩集》第八十七卷，屬「雜歌謠辭」，為樂府古辭，是西漢時期長安的歌謠。也就是我們說的上行下效，在古代社會風氣是由居上位者的實際行動所決定的。據《漢書》載：元帝、成帝、哀帝時，漢代的上層階級生活窮奢極欲，社會瀰漫著奢侈風氣，〈城中謠〉就是針對這些情況有感而發的。

詩篇選取四方都市都摹仿京城的梳妝打扮這一典型事例，用誇張的手法，漫畫的筆調，勾勒出一幅生動的社會風俗畫。全詩的詩眼在於一個「好」字，所謂好，並不光指口頭上提倡什麼，而主要是指實際上喜歡什麼？追求什麼？

這首詩開宗明義，一起筆就點出京城裡的仕女，喜歡把髮髻梳得高高的，四方都市的仕女就敢梳上一尺高的髮髻；京城裡的仕女，喜歡把眉毛畫得寬寬的，四方都市的仕女就敢把眉毛畫得佔半個額頭；京城裡的仕女，喜歡穿寬大的衣袖，四方都市的仕女們就敢用整匹的綢料來做袖子。

詩人用三個簡單的比喻，把上行下效這一社會心理，刻畫得入木三分。

我們可以說借這首詩的諷喻性，與幽默詼諧的筆調，來勉勵當今在上位者，要以身作則，為民表率，勤政愛民，勤儉節約。

枯魚過河泣　漢民歌

枯魚過河泣，何時悔復及。
作書與魴鱮，相教慎出入。

《樂府詩集》把這首詩歸入「雜曲歌辭」，屬樂府古辭。是一首涵蘊弦外之音的警世民歌，具有勸戒作用。本詩借用寓言的形式，表達了詩人遭遇禍患之後，悲切警世的思想感受。

全詩只有四句，前兩句描寫即將失去生命力的枯魚，流下痛苦的淚水，悲感自己的不幸與悔不可及的心情。魚遭網罟失水，故曰枯魚。「何時悔復及」，謂不慎出入，至為人所得，已無復及時悔悟的時機。賦枯魚以人的情感，借魚代其發聲，其痛苦、悔恨，任其四溢。

清・李重華《貞一齋詩說》說：「無端說一件鳥獸草木，不明指天時而天時恍在其中；不顯言地境而地境宛在其中；且不實說人事而人事已隱約初露其中。」這就是寓言詩的生色之筆。

後兩句，進一步寫枯魚自知氣脈將盡，只好借此以告同類，「魴鱮」指的是大魚。這是詩的內質，是詩的神。上兩句寫不幸者的悔悟，那只是詩的表形，這兩句用親身的痛苦遭遇告誡後來者，使人們對環境世態有理智的認識與處置，以此訓為戒而「慎出入」，鮮明地顯示了警世誡人的主旨。

這首寓言體詩，具有漢代詩歌運用豐富的想像，表情達意的特徵。一般說來，寓言詩篇，不外乎借物自況，以物寓意，見物興感等；這樣的構思運籌，得其一便可能得其詩神。而這首詩則是興感、自況、寓意兼而有之。篇幅雖小，但詩外題旨深刻清晰，氣象全生。

張玉穀曰：「此罹禍者規友之詩。出入不謹，後悔何及，卻現枯魚身而為說法。」可以增加我們對此詩的體會。

巫山高　漢鐃歌

巫山高，高以大；
淮水深，難以逝。
我欲東歸，害梁不為？
我集無高曳，水何湯湯回回。
臨水遠望，泣下霑衣。
遠道之人心思歸，謂之何！

〈巫山高〉屬「鼓吹曲辭」，為「鐃歌十八曲」之一。這是一首遊子思鄉的詩，首兩句用「高、大」形容巫山又雄偉又壯闊。山下的淮水深邈，永不消逝。山高水長，令遊子興起懷念故鄉的思情。但是遊子想歸家，卻無橋可渡。「東歸」即回家。「梁」即橋樑。「不為」即沒築起。余冠英《樂府詩選》曰假想臨淮遠望的光景，可為參考。「集」為集，即我所在之處。「高」同藁，即船。「曳」同楫，即船槳。既無舟又無槳，而河水又是浩浩蕩蕩、迴環流轉，又如何歸家？只能臨水遠望，思之思之，不禁淚下沾衣。最後以民歌迴環反覆的形式，重複一遍，總述自己的情境與心思，「謂之何」即有甚麼辦法呢？多無奈，多令人心酸。讀之令人一掬同情之淚，情感深沉、真摯，打動古今多少遊子的心。

這首詩自然奔放，文字長短參差，錯落有致，抑鬱悲壯，委婉中自生氣象，故千古傳唱不衰。

上邪　漢民歌

上邪！我欲與君相知，長命無絕衰。

山無陵，江水為竭，冬雷震震，

夏雨雪，天地合，乃敢與君絕。

這是一首情詩誓辭，表現對情人的愛忠貞不二。句式參差，全首詩是二、六、五、三、四、四、三、三、五的句式，構成強烈的節奏感，具有豐富的音樂性。

此詩亦為「鐃歌十八曲」之一，屬樂府「鼓吹曲辭」。大陸學者以為此詩與〈有所思〉當為一篇——敘男女相謂之詞，以為〈有所思〉寫與情人欲決未決之情；〈上邪〉乃女子已決之後的自誓之詞。然而，潘重規先生卻認為兩篇各自獨立成篇。筆者認為二首雖然都是情詩，但本詩可以獨立成章，是一篇具有完整結構的動人情詩。

本詩前三句正面發願、指天發誓，直吐真言，情感熾烈。後六句寫情，承前而下，手法迴然有別與前，反面立誓。

這是一個剛烈女子執著愛情時的心跡表白。全詩抒情大膽潑辣，筆勢突兀起發，響落天外。火一樣的激情，恰如黃河波濤洶湧，猶如長江一洩千里，具有咄咄逼人之勢。胡應麟說：「〈上邪〉言情，短章中神品。」一語道破其真諦。

全詩寫情，不加點綴鋪排。〈上邪〉三句，筆勢突兀氣數不凡，指天發誓，直吐真言，既見情之熾烈，又透出壓抑已久的鬱憤。「長命無絕衰」五字，鏗鏘有力，於堅定之中充滿忠貞之意。一個「欲」字把追求幸福生活的女性性格表現得淋漓盡致。首三句沒有形象的刻畫，卻把一個情真志堅、忠貞剛烈的女子形象清晰地表現在讀者眼前。

後六句把女子設想的五種自然現象，排列成一道長陣，何以又不像排比句，奧妙在於各句之間，字數的參差。五個內容相關的詩句，雖簡短而節奏不同，令人感到女子呼吸的急促，情緒的激昂。這六句以自然界不能出現的五件事，做為斷絕愛情的先決條件，在肯定語氣中，進行否定，乃透過一層寫愛情至專至純的真情，更見女子之情貞烈堅剛。

清・沈德潛品評此六句說：「山無陵下其五事，重疊言之，而不見其排，何筆力之橫也。」道出其筆法的巧妙奇異。

從藝術上看，此詩極浪漫，其間的愛情慾火，猶如岩漿噴發，不可遏制，氣勢雄放，激情逼人。讀此詩，我們彷彿可以透過明快的詩句，傾聽到女子侷促的呼吸聲。這是一首用熱血乃至生命鑄就的愛情篇章，是樂府詩中的極至神品。

有如此熾烈的感情，便有與之相配的詩歌形式。其語言句式短長錯雜，隨情而布。音節短促緩急，字句跌宕起伏。蕭滌非《漢魏六朝樂府文學史》說：「鐃歌聲情，悲壯激烈，實開後世豪放一派。」〈上邪〉當之無愧。

江南　漢民歌

江南可採蓮，蓮葉何田田！魚戲蓮葉間。
魚戲蓮葉東，魚戲蓮葉西，
魚戲蓮葉南，魚戲蓮葉北。

本詩首三句一人領唱，後四句，眾人合唱。由於是民歌，句子反覆，一唱三歎，表現明朗、活潑、清新的江南景色。古人說：「〈江南〉古辭，蓋美芳晨麗景，嬉遊得時」，生動地描繪了江南採蓮活動的嬉遊樂趣。以其明快、雋永、清新的情調，表現南方民歌的風貌。

這首詩屬漢樂府中的「相和歌辭」。全詩可分四個部分，第一句概括地敘述了江南特有的採蓮活動。這裡的江南並不特指某一地域，而是泛指廣袤優美的南國，令人遐想「可採蓮」，使江南風光集中到了別有情趣的採蓮活動。採蓮，既是一種勞動，又是一種風俗，青年男女往往用採蓮來表達或寄託他們的愛情。南朝樂府運用雙關，在〈江南〉一詩首先發露先聲，蓮和蓮子都是雙關語（容書南朝樂府時再談），是愛情的象徵。

值得注意的是，〈江南〉第一句用了個「可」字，含義空靈，這也是用這個字的妙處所在。這個可字，大大豐富了採蓮活動意義的內涵，使這裡「採蓮」可以是過去的，也可以是現在的，更可以是未來的。又可以說是愛情的一種表達方式，含蓄蘊藉，意趣無窮。第一句可以說是鳥瞰，而「蓮葉何田田」，則可以說是特寫，使人們的目光集中到蓮池中亭亭玉立，婀娜多姿的無數蓮葉上。利用頂真法，由採蓮到蓮葉，由寬廣到集中，由概括到具體，語句連貫，流轉如珠。「田田」是形容蓮葉繁盛茂密的風姿。表現無限喜悅的心理，使得全詩情調歡快。第三句視線又轉向了荷葉下的魚。魚的情態是戲，一個戲字，把魚兒追逐嬉戲的情態活脫脫地刻畫了出來，而魚兒的追逐嬉戲正是採蓮姑娘們歡快喜悅的寫照。

這裡本該寫人，卻偏不寫人，只是寫魚，而人的情態反而更生動、更有詩意，而更耐人尋味。這種烘雲托月，借物寫人的藝術手法，把物與人、景與情結合在一起，增加了藝術的表現力和感染力。把採蓮姑娘的歡聲笑語，優美歌聲更活潑生動的表現出來。這是詩人情趣的集中表現，在全詩中，起著承上啟下的重要作用。

第二部分是眾人合唱。這四句用迴旋反覆的手法，把第三句按東、西、南、北的順序，重複了四遍。使第三句所表達的情趣發揮得淋漓盡致，而且由一個人的情趣，發展成眾人的心聲，全詩的感情也在這一遍又一遍的反覆中達到了高潮。雖戛然而止，卻意猶未盡，餘音繞樑。

這種回轉反覆的運用，在殷商的甲骨卜辭可以見到，《卜辭通纂》第三七五片：「癸卯卜，今日雨；其自西來雨？其自東來雨？其自北來雨？其自南來雨？」與〈江南〉一詩有異曲同工之妙。

平陵東　漢民歌

平陵東，松柏桐，不知何人劫義公。
劫義公，在高堂下，交錢百萬兩走馬。
兩走馬，亦誠難，顧見追吏心中惻。
心中惻，血出漉，歸告我家賣黃犢。

此詩《樂府詩集》屬「相和歌辭」，它暴露貪官暴吏，劫掠民財，殘害百姓，給人民莫大痛苦的社會現實。這是一首敘事詩，整首詩連用三個頂真格，加強凝重感情連貫文氣。

首句點明事件發生的地點，在此不知何人，在種滿松柏桐的樹林中，劫持一個義民，在義民家的廳堂下，並且騎著兩匹馬逃逸，接著敘述如此情況，要找回失財實在很難，最後希望官吏能追回失財，心中卻感到很悲傷，彷彿心中血，一滴一滴往下淌，而官府也無法追捕回搶匪和財物，百姓只好回家賣牛，多無奈，多無能，多令人悲哀！真是一字一血淚，讀來不禁蕩氣迴腸。

陌上桑　漢民歌

日出東南隅，照我秦氏樓。
秦氏有好女，自名為羅敷。
羅敷善蠶桑，採桑城南隅。

青絲為籠係，桂枝為籠鉤。
頭上倭墮髻，耳中明月珠。
緗綺為下裙，紫綺為上襦。
行者見羅敷，下擔捋髭鬚。
少年見羅敷，脫帽著帩頭。
耕者忘其犁，鋤者忘其鋤。
來歸相怒怨，但坐觀羅敷。一解
使君從南來，五馬立踟躕。
使君遣吏往，問是誰家姝？
秦氏有好女，自名為羅敷。
羅敷年幾何？
二十尚不足，十五頗有餘。
使君謝羅敷，寧可共載不？
羅敷前置辭；使君一何愚！
使君自有婦，羅敷自有夫。二解
東方千餘騎，夫婿居上頭。
何用識夫婿？白馬從驪駒。
青絲繫馬尾，黃金絡馬頭。
腰中鹿盧劒，可直千萬餘。
十五府小史，二十朝大夫。
三十侍中郎，四十專城居。
為人潔白皙，鬑鬑頗有鬚。
盈盈公府步，冉冉府中趨。
坐中數千人，皆言夫婿殊。三解

這首〈陌上桑〉最早著錄於《宋畫・樂志》，題為〈豔歌羅敷行〉，《玉臺新詠》輯錄時，題為〈日出東南隅行〉，而《樂府詩集》則又題為〈陌上桑〉，屬漢樂府的「相和歌辭」。共三解，解是樂章的段落。這是一首流傳民間的故事詩，也是一首著名的敘事詩，具有濃厚的喜劇色彩。敘述採桑女子秦羅敷美豔動人，眾人為她傾倒，連太守也想追求她，結果羅敷以自己已有丈夫，予以拒絕、斥責和奚落。

第一段寫羅敷的美麗，即極寫羅敷的美貌。詩從四方面下筆，層層展現羅敷美麗無比。

第一用環境烘托羅敷。開頭六句，不僅交代了人物的姓名和愛好採桑活動，還描繪旭日東升的和平環境，以及採桑的地點。詩人先用第一人稱口吻引起下文，這是民歌特有常用風格，表現出親切和敬重。寫法上，由遠而近，由日出到樓，由樓到人，由人到採桑，漸漸突出採桑的婦女。

第二用器物襯托羅敷。寫羅敷用的採桑竹籃，上繫青絲繩，竹籃的提柄是用桂枝製成的。籃子如此美好，其主人可想而知。

第三描寫首飾服裝，暗示羅敷之美。她的髮型是「倭墮髻」，偏向一側、似墜未墜，非常時髦。耳朵上戴綴著明月寶珠，極為珍貴。下身穿著黃綾製的裙子，上身穿著紫綾做的短襖，服裝如此華貴，用黃紫的對比色、顯出服裝的華美，其人必為絕代佳人。以上三段正面描寫羅敷的美豔。

第四從側面描寫羅敷的絕豔容姿，烘托羅敷之美。用行者、少年、耕者、鋤者對羅敷的愛慕與傾倒，以及由此而引起家庭怨怒，讓讀者想像羅敷的美貌。如此的側面描寫，使羅敷的美完美無缺，你想著她有多麼漂亮，就有多麼漂亮。再者，行者、少年見羅敷之後，失去常態，止步不走；耕者、鋤者忘記了工作，注視羅敷，為下文使君的駐足作了鋪墊。

第二段寫羅敷拒絕太守的調戲，因為羅敷的美貌引起太守的垂涎，而羅敷的性格也隨之鮮明。這一段是運用對話表現情節，顯示樂府詩的特色。這一段幾乎全是對話，透過對話，指示使君（太守）的調戲，並歌頌羅敷不慕富貴，敢於反抗權勢的心靈美。使君坐著五馬拉的車，見到羅敷之後，五馬立刻踟躕不前，這是因為使君見到羅敷美貌出眾，命令停車。然後立刻派小官吏前來盤問，想了解是誰家的美女？羅敷落落大方，回答是秦家的小姐名叫羅敷。於是使君又想進一步了解年齡，羅敷回答二十歲還沒到，比十五歲大。這是漢代女子的適婚年齡，正是荳蔻年華，引得使君垂涎欲滴，使君就親自問羅敷：「願不願意跟我乘這輛馬車？」羅敷不僅落落大方，見使君調戲她，便單刀直入、大義凜然地斥責使君：「你是多麼愚蠢！」一個年輕的女子，當面斥責有權有勢的使君愚蠢，這是何等的勇敢，何等的大膽。接著又斥責他：「你已有了太太，我也有丈夫。」義正辭嚴地拒絕了使君的調戲。這表現了羅敷不慕富貴的品格，使我們了解羅敷不僅外貌美，而且心靈更美，極有智慧。（此段大陸學者以為是使君欲霸佔羅敷為妻，向她求婚被羅敷拒婚，筆者以為只是見色調戲，不必附會到想強搶民女。）

第三段為樂府典型，寫羅敷誇夫。本可結束，然又將之渲染，盛讚羅敷丈夫儀態之美。極其生動，歷歷如在眼前，顯示羅敷機智、活潑、勇敢的性格。為了讓使君自覺無趣，於是羅敷從權勢、富貴、經歷、官職、相貌、風度等方面盛誇丈夫，從而壓倒對方，藐視對方。首四句說明自己的丈夫官位顯赫，有千騎隨從，勝過五馬拉車的使君。接著四句盛誇丈夫的富貴。接著簡述丈夫的經歷，從十五歲到四十歲，官運亨通，平步青雲，成為「專城居」的一方太守（潘重規先生的看法）。「為人潔白皙」寫丈夫儀表非凡，漢代以鬍鬚多為美，「鬑鬑頗有鬚」寫丈夫還是位美髯公。丈夫不僅相貌好，而且很有風度。「盈盈」兩句重複加強，表現丈夫從容不迫、步履穩重、神態自如、踱著官步、有大官的派頭與風度。最後兩句寫眾人的評價，也就是說這是眾所公認的，不是我個人的誇耀或偏愛。

潘重規先生認為，此詩寫羅敷之美，全從觀者傾倒之狀烘托而出，極奇宕詼諧之致。而羅敷之情真貞亮，則從其置辭慷慨豪放見之。化工之筆，妙絕古今。可以做為我們領會此詩的參考。

猛虎行　漢民歌

飢不從猛虎食，暮不從野雀棲。
野雀安無巢，遊子為誰驕？

此詩為樂府古辭，屬「相和歌辭，平調曲」，描寫羈旅他鄉的遊子自重自愛的詩。清・朱嘉徵曰：「〈猛虎行〉歌猛虎，謹於立身也。」《樂府廣序》曰：「君子不失足於人，不失色於人，不失口於人，詠遊子，士窮視其所不為，又加警焉！」可為參考。

詩一下筆，即以猛虎、野雀起興，重在野雀，所以下文不涉及猛虎，這是雙起單承法，首兩句寫遊子不做非禮之事，為後人樹法，說明一個人即使到困苦時，也要謹言慎行，潔身自愛。

末兩句加強安身立命，用一「驕」字，表明遊子的人生態度，也顯示詩人對遊子的讚歎，尤其用反詰語，更加強讚美之意，此詩用字清新明朗，靈活生動，給人啟示，令人感佩，直抒胸臆。

長歌行　漢民歌

青青園中葵，朝露待日晞。
陽春布德澤，萬物生光輝。
常恐秋節至，焜黃華葉衰。
百川東到海，何時復西歸！
少壯不努力，老大徒傷悲。

〈長歌行〉見於《樂府詩集》，屬「相和歌辭・平調曲」。我們依據李善文選注，以為〈長歌行〉是按歌詞的音節著眼，說行聲有長短，如曹操有〈短歌行〉。此詩詠歎萬物盛衰有時，人當奮發自勵的詩。由眼前的景物興起對人生短暫的感懷，發人深省。本詩環環相扣，以最末兩句點出主旨。朱嘉徵曰：「〈長歌行〉歌青春園中葵，思立業也。傳曰：人生三不朽，立德、立功、立言，蓋欲及時也。」本詩思想是積極的，感情是健康的。

垓下歌　楚項羽

力拔山兮氣蓋世，時不利兮騅不逝。
騅不逝兮可奈何！虞兮虞兮奈若何！

本詩屬於樂府的「琴曲歌辭」，據《史記・項羽本紀》和《漢書・項籍傳》，此詩是項羽被劉邦的漢軍和諸侯圍困在垓下時唱的歌。楚漢之爭的故事，大家都很清楚，這裡不再贅述。

〈垓下歌〉是項羽聽到四面楚歌時，誤以為自己已被包圍，無力東山再起，也無顏見江東父老，對寵姬美人虞姬唱下了這首慷慨悲涼的〈垓下歌〉，令人感歎。

首句見出項羽的英雄本色，不輸於漢高祖的〈大風歌〉；次句借愛馬〈騅〉不能再馳騁戰場（騅不逝，因為被圍，故自言「時不利兮」），表現無法再施展雄風的悲歌和無可奈何。

第三句，重複加強無可奈何的悲歎，真是英雄氣短，末句只有對著美人叫著「虞姬！虞姬！能怎麼辦呢？（奈若何！）」英雄被劉邦所騙而只得「自刭垓下」與美人同歸於盡，真是令人鼻酸。

〈垓下歌〉表現了西楚霸王項羽被劉邦愚弄而自覺無顏

見江東父老、無計可施的悲愁和飲恨的英雄末路形象，令後世人千載之下同為之悲歎，也使寫史的太史公司遷同情萬分，所以，以帝王視之，為項羽立傳，寫下了動人的〈項羽本紀〉，也為我們留下了這首悲涼的、令人慨歎的、令人十分婉惜的〈垓下歌〉。

大風歌　漢劉邦

大風起兮雲飛揚，威加海內兮歸故鄉，
安得猛士兮守四方。

本詩屬於樂府詩的「琴曲歌辭」。用比興手法描繪渲染了劉邦及其從臣，乘時崛起，所向披靡的磅礴氣勢。本詩只有三句，第二句表現水到渠成之妙。

據《史記・高祖本紀》記載，這首詩是劉邦在西元前195年，擊潰鯨布，歸途故鄉沛縣時，置酒沛宮，與故人父老子弟飲酒共歡，當酒興正濃時，在宴席上唱的。表現開國君主豪言壯語的氣魄。

這首詩以「大風起兮雲飛揚」起興，寫出這位開國君主叱吒風雲的氣魄和威風，使我們好像親眼看到秦末漢初那風起雲湧般的政局，以及劉邦勝利後志得意滿、意氣風發的形象。這時深秋的勁風，飛揚的白雲，好像在為這勝利還鄉者滿布天空，為他抒發自己的豪情壯志滾滾而來，造成物我一體的藝術形象。這正是壯心與風雲際會，風雲又給壯心輔以飛揚的羽翼。故水到渠成地就唱出「威加海內兮歸故鄉」，表現無比的喜悅與自豪。

可是，緊接著筆鋒一轉，寫出了「安得猛士兮守四方」，表現一個創業者為鞏固政權的深思熟慮，啟示後人創業維艱，守成更難。這裡，一方面令人感到他深切渴望得到天下有志之士的擁護，另一方面也使人感到他有一種不能完全預料未來的惆悵之情。不禁令人讀來有一種蒼涼之意。

這短短的三句詩，包含著相當複雜的思想情感，帶有強烈的時代精神，形象鮮明、感情豐富，表現一代開國君主叱吒風雲的氣魄和思才若渴的心願。意氣風發、情緒慷慨激昂、又帶點惆悵蒼涼，因此傳頌千古不絕。

秋風辭　漢武帝

秋風起兮白雲飛，草木黃落兮雁南歸。
蘭有秀兮菊有芳，懷佳人兮不能忘。
泛樓船兮濟汾河，橫中流兮揚素波。
簫鼓鳴兮發棹歌，歡樂極兮哀情多，
少壯幾時兮奈老何。

此詩首兩句以「秋風」、「白雲」、「草木黃落」、「雁南歸」點季節也點題。屬「雜歌謠辭」，此詩是漢武帝代表作之一，也是千古名篇，膾炙人口。

本詩描述秋季泛舟、燕飲歡樂的描寫，表現作者對時光流逝的感歎。大陸學者認為一、二兩句以雄健的筆勢，描繪北方秋季特有的自然風光。視野極闊，囊括宇宙，自有秦皇、漢武的雄風英氣。第三、四句視野收縮，由無限廣闊的宇宙，轉移到香蘭芳菊的玩賞，從而勾起思念情人的兒女情長。語氣纏綿，感情深婉。緊接著「泛樓」三句，又由自然美景轉入人間歡樂的描寫。從視覺寫到聽覺，一片歡樂氣氛。

最後由歡情寫到悲情，因為人總有老死，不得不令一代英皇也有孔子：「逝水如斯」的人生無常，人生不得不老的感歎。也因此，使此詩更見深邃，意蘊也更深厚，令人讀來再三迴思，不免慨歎，事之不如意者，十之八九。美好時，應當珍惜，否則再回頭已無復當時。人生短暫，該珍惜的，就要好好珍惜，否則想再擁有，已不可能。書之令後人警惕。

此詩文字清麗雅緻，文采極高；全詩感情起伏，搖曳纏綿，情景合一，纏綿流麗，不失文士之精工作品，故能動人，能流傳至今。

李延年歌　漢李延年

北方有佳人，絕世而獨立，

一顧傾人城，再顧傾人國，

寧不知傾城復傾國，佳人難再得。

本詩《樂府詩集》歸入「雜歌謠辭」，為北方佳人傾國傾城的美豔。

全詩共六句，句句精闢，千古傳頌，遂為成典，文人學士，爭相引用，以滋翰墨，潤飾篇章。本詩前兩句，不從正面著筆去描寫「佳人」的姿色，而從「北方」之廣闊背景和「絕世」之人生跨度，烘托其卓然「獨立」，無與倫比的麗態豔容，並為下文蓄勢壯筆。三、四兩句，翻滾逆接，寫出「一顧」、「再顧」，即一而再，再而三的一味玩賞「絕代佳人」，耽緬女色，不問國政，會導致傾覆城池，傾覆國家的危險。夏桀之寵妺喜、商紂之迷妲己，周幽之戀褒姒，都是前車之鑑。

最後，「寧不知」即怎麼不知道？迷惑女色，荒廢政事會導致「傾城」、「傾國」的嚴重後果。雖然如此，此絕代佳人是很難得的。所以，後人即以傾城傾國用來作為稱譽美女詞。我們可以舉很多詩例，如：李白的〈清平調〉：「名花傾國兩相歡，長得君王帶笑看。」徐陵《玉臺新詠・序》：「真可謂傾國傾城，無對無雙者也。」武平一的〈妾薄命〉：「常矜絕代色，復恃傾城姿。」等，可見本詩對後世影響之巨大。

烏孫公主歌　漢劉細君

吾家嫁我兮天一方，遠託異國兮烏孫王。
穹廬為室兮旃為墻，以肉為食兮酪為漿。
居常土思兮心內傷，願為黃鵠兮歸故鄉。

〈烏孫公主歌〉原載《漢書・西域傳》和《玉臺新詠》卷九，《樂府詩集》卷八十四以為劉細君作，屬「雜歌謠辭」。詩歌以第一人稱的自訴，表現公主遠嫁異國，思念故土的孤獨和憂傷。首兩句簡潔概括地記述了作者託身異國的遭遇，以哀怨的語調訴說自己的處境：漢朝把我遠嫁給在天一方的烏孫國王。看似客觀的自我介紹，其實蘊含著無限的傷感和怨懟。據《漢書・西域傳》記載：漢武帝採納張騫建議，遣江都王建之女劉細君為公主，妻烏孫王昆莫。這是我國歷史上第一次與少數民族和親，無疑的具政治、經濟、軍事和文化交流各方面的意義。然而，這種於國家有利的美人計，於公主自身卻是人格的變異和人性的束縛。「天一方」、「遠託」、「異國」等冷漠字眼，已透露出哀怨之信息，以下著力渲染更見其甚。接著兩句寫烏孫國飲食起居的生活背景，由於與故鄉迥別，故思念故鄉。以蒙古包為家、以紅毛氈作牆，喝乳酪，吃腥肉。這樣的習俗，對尊貴的漢家公主來說，無疑是難以適應。作者以短短十幾字高度概括烏孫國飲食起居的生活習俗，為下文思鄉懷鄉之情的直接抒發，埋下了伏筆。另據《漢書・西域傳》記載：烏孫國多雨，天寒。昆莫年老，語言不通，公主的孤單與哀怨，可想而知。

詩後兩句寫公主的思鄉常常伴隨飲食起居而起，而思念故土故鄉。但天人遠隔，要歸鄉談何容易，只好以想像加重內心的悲傷，化為黃鵠鳥飛回故鄉，直抒胸中鬱結已久的憂思，淒婉哀怨，摧人淚下，其思念故鄉之情綿綿不絕如縷。詩中表現想像的自我滿足與事實上的不可能，構成強烈的矛盾衝突，加重詩歌的悲傷氣氛，意蘊深廣，耐人尋味。

本詩前四句寫思念故鄉的因，後兩句寫思念故鄉的情狀。一氣呵成，淒愴動人。胡應麟曰：「工至合體，文士不能過也。」

三、南朝樂府

子夜歌

(1)落日出前門，瞻矚見子度。
冶容多姿鬢，芳香已盈路。

這是子夜歌的第一首，與下一首是唯一的一組男女對唱的情歌。鄭振鐸說：「實際上為六朝文的最大光榮者，乃是『新樂府辭』……她只有一個調子，這個調子便是少男少女的相愛。她只有一個情緒，那便是青春熱戀的情緒。然而在這個獨弦琴上，卻彈出千百種的複雜的琴歌來。」（《插圖本中國文學史》），給舊文學一股新力量。

〈落日出前門〉一首是寫青年男子在見到情人之前的準備工作。靜夜是愛情的伊甸園，因此，男子「落日出前門」，黃昏時分便踏上求愛的旅途。起句平淡之中，暗含渴求一見的急切。出門之後，便是「瞻矚見子度」——瞻前顧後，遠遠地搜尋著情人的身影，等待著情人裊裊娜娜地踱過來。很凝練地道出情人間的期待心理。而且從男子左顧右盼的舉動，可見二人並非早已約定，而是男子在情人必經之路苦苦等待。這是第幾個浪漫的黃昏呢？詩人並未交代；最後，終於看到情人來了，而情人為了準備隨時能見他，精心刻意的打扮。「冶容多姿鬢」五字道出女子精心修飾的良苦用心，其美麗何以見得？結語說：「芳香已盈路」，至此，一位香氣襲人的女郎的形象，分明立在讀者面前，讓人如見其人。「冶容」指姣好的面龐，「多姿鬢」指美麗的髮髻。「芳香」香氣襲人，「盈」充滿。

⑵芳是香所為，冶容不敢當。
　天不奪人願，故使儂見郎。

本詩是南朝新樂府民歌「清商曲辭・吳聲歌」，緊承〈落日出前門〉一首，為子夜歌的第二首，是回應第一首的情詩。「芳是香所為」，「香」指香物，意指芬芳的香氣是香料所造成的。「冶容不敢當」是自謙之詞，情郎說我有姣好的面容，我不敢承受，表現出女子嬌羞之態，如此更博得心愛人的讚歎和憐愛。最後女子坦白的傾訴心中的傾慕與愛意，對情郎說：「我也很想見你，上天不奪走我的心願，所以使我能與情郎相見。」語意纏綿，男女心心相印，相見的喜悅，溢於言表、令人回味無窮。「天不奪人願，故使儂見郎。」「儂」即吳地口語，我的意思。

(3)宿昔不梳頭，絲髮被兩肩。

婉伸郎膝上，何處不可憐？

此詩表現女性的嬌柔、嫵媚，是生命力和完美的表現。詩意大膽、率真，女子一派天真之情態，歷歷如現讀者眼前。「婉伸」即委婉地趴在，此句一片純真嬌婉。「宿昔」夜晚的意思。「憐」為雙關語，雙關「愛」字。「可憐」是可愛的意思。整首詩在述說入夜後，女子卸妝後，向情郎撒嬌的情態，最能表現男歡女愛的甜蜜感情。一開始說夜晚卸妝後，不把頭髮盤上去，任由像絲緞般的髮絲傾瀉而下，披在雙肩上；如此清新婉麗的她，突然趴在情郎的膝上，回頭問情郎，你看我全身上下，哪處不可愛。真是清新、大膽、婉轉可人的一個女孩。

(4)自從別歡來，奩器了不開。

頭亂不敢理，粉拂生黃衣。

古云：「士為知己者用，女為悅己者容。」此詩即寫女子與情人分開後，無心打扮，任由塵埃拂衣的嬌懶之態。《通典》曰：「江南皆謂情人為歡。」潘重規先生以為南朝人謂情人為歡猶今人稱情人為愛。「奩」，鏡匣。「奩器」即今人之化粧箱。《廣雅釋詁》：「了，訖也。」即完全之意，用作副詞，言奩器全不開用。「黃衣」指塵埃。

(5)始欲識郎時，兩心望如一。

理絲入殘機，何悟不成匹。

此詩前兩句運用直抒胸臆的方法，明確表露初戀少女的心聲。首句之「欲」，二句之「望」，詩巧妙精細地揭示出春心初動的少女一看到稱心如意的郎君時，想入非非的神態。她不考慮「郎」在想什麼？也不顧及家庭和社會環境是否允許，一廂情願的渴求兩心如一心，結成終身的伴侶，享受男歡女愛的幸福美滿的婚姻生活。後兩句轉換表現手法，以女子語意雙關的含蓄之詞，傾訴出她初戀旋即失戀的猛然醒悟。（戀愛不是結婚，結婚要的是白首偕老，戀愛可以嘗試至找到如意郎君為止。）「絲」諧「情思」之「思」；「匹」諧「匹配」之「匹」；「理絲」即「理思」，整理「始欲識郎時，兩心望如一。」之情思，但她未免有點單純，因而冒昧地「理絲入殘機」，當她認真地織起布匹來時（談戀愛不可過分認真、投入，要保持理性，看清對方），她才猛然醒悟，那知道這台殘破織布機是織不成布匹的。如此看來，「殘機」是她失戀的關鍵，而這裡的「殘機」又暗喻著什麼呢？是「郎」，還是「郎」的家庭，還是那扼殺婚姻自由的「封建禮教」，讀者可以盡情地去想像、去剖析，女子卻非常明白，也非常冷靜，因而，她沒有哀傷，也不乞求憐憫，只平淡其詞，含蓄其意，給我們留下廣闊的餘地，任你仔細去體味。此詩首兩句虛寫，後兩句實寫。

(6)今夕已歡別，合會在何時？
明燈照空局，悠然未有期。

此詩寫女子與情人分離後，期盼再相會，而有感於相見無期的憂歎。「已歡別」言已與歡別離。「明燈照空局，悠然未有期。」根據潘重規先生的說法，「悠然未有期」謂油燃未有棋。「明燈」故曰油燃、「空局」故無棋子，此為同音異字之雙關語。此類諧聲雙關語，吳聲歌曲中最為習見，實為吳歌一大特色。《容齋三筆》曰：「自齊梁以來，詩人作樂府子夜四時歌之類，每以前句比興引喻，而後句實言以證之。」葛立方《韻語陽秋》曰：「古辭云：圍碁燒敗襖，著子故依然。陸龜蒙、皮日休固嘗擬之……是皆以下句釋上句……《樂府解題》以此格為風人詩，取陳詩以觀民風，示不顯言之意。」

所以此詩後兩句以明亮的燈光照射空盪的棋局，就像燃了油燈也照不到棋子。來解釋首兩句今夜和情人分別了，再相會要到什麼時候？不知道，「悠然未有期」。詩意盎然，利用雙關語，令人回味無窮。

(7)高山種芙蓉，復經黃蘗塢。
　果得一蓮時，流離嬰辛苦。

此詩構思精細，用象徵手法寫愛情獲得的不易，和願為此而受「辛苦」。詩前兩句通體象徵，言愛情獲得的艱難。「芙蓉」乃水生植物，言種自高山，令人費解，於此可見成功率的渺茫。而下句又緊接「復經黃蘗塢」，不但使人想像到種植地的艱難，而且也意識到「種」的過程的不容易。不過，「芙蓉」、「黃蘗塢」俱是一種象徵。因為「芙蓉」明言荷花，與「夫容」諧音，屬字異音同的雙關語。所以可知種植「芙蓉」是象徵對美滿愛情的追求。後兩句為虛設之詞，言愛情求得如此艱難，如果能夠獲得，為愛情顛沛流離，飽受辛苦也甘願。「果得」二字，用法新巧，將女子尋求愛情的心理寫了出來，如此，直率大膽的追求自己的愛情，是南朝樂府民歌描寫女子的普遍性格。

此首民歌語句雖短，但結構緊湊，寫情逐層深化，前後渾然一體。尤其是最後兩句，直抒胸臆，使女子性格全出，光彩照人。這首詩的構思異常巧妙，表面看來，通篇是對種芙蓉的鋪陳、敘事，而實際上，通篇是表現對愛情執著追求，其間作者成功運用了隱字諧聲的雙關手法，成為二者的橋樑，從而使一首歌詠高山種荷之難的詩歌，變成表達愛情的詩篇。作者巧妙的構思，雙關語的成功運用，使它的風格新穎、含蓄而深刻。這種雙關語，是南朝歌曲一種極重要的表現方法，使物情、事理配合得妥切、巧妙，通過兩句一意，下一句解釋上一句。這首詩卻通通都是隱語，預讀全詩之後，才能明白其中意蘊，實在是南朝民歌中的精品。潘重規先生說：「芙蓉」諧音「夫容」指情人，「蓮」諧音「憐」，意指情人。

(8)感歡初殷勤，歎子後遼落；
打金側瑇瑁，外豔裡懷薄。

「遼落」疏遠冷落。這首詩寫一個女子對薄情郎斥責怒恨之辭。首兩句寫負心漢起先對女子表現殷勤深厚的情意，使女子感動以致墜入情網；後來，負心漢對此女子逐漸冷淡。後兩句由前兩句的一深情一無情的對比，指出薄情郎的玩弄感情，對愛不專。因而，以「打金側瑇瑁」的形象比喻，進一步指出負心郎的表裡不一。

全詩就薄情郎前殷勤後遼落、外豔而裡薄的對比，揭示了男子漁獵女色，用情不專的醜惡靈魂，刻畫出男子虛偽無情的卑劣形象。也印證了女子的怨恨和痛苦，給讀者留下無限的沉重思索。

⑼攣裙未結帶，約眉出前窗。
羅裳易飄颺，小開罵春風。

「小開」指情人，這首詩首兩句敘事，寫女子為與情人約會，匆匆忙忙地出門而去。「未結帶」非常形象生動地表現女子急迫之情，第二句點出為何如此性急之因，要出門與前人約會。最後兩句寫相見後，打情罵俏的歡愉之情。

春風吹「羅裳」，使女子的衣裙飄揚起來，真夠撩人，接著寫情人藉機笑罵春風，疼惜之情躍然紙上。筆筆深刻淺出，白描中展現無窮韻味，詩意綿綿，逗人遐思。

⑽夜長不得眠，明月何灼灼。
想聞歡喚聲，虛應空中諾。

這首詩寫一位女子在一個不眠之夜，對情郎的深長思念。首兩句寫月光太亮，更覺長夜漫漫，不能成眠。「灼灼」月華光亮。月華如水，恍如深情的情郎正安慰她、陪伴她，致使女子將感情寄託在明月上，遙思情人，不知不覺落入幻覺。後兩句寫女子思念出神的幻覺，使她彷彿覺得聽到情人的呼喚，於是對著半空回應了情人一聲：「啊！」女子沉思、相思出神之神態，在字裡行間栩栩如生的顯露，動人心弦。表現子夜歌綺麗、委婉、明快、自然的風格，也表現詩歌中的含蓄美。全首詩想像豐富，充滿濃郁的詩情畫意，女子形象鮮明而生動，藝術感染力也很強烈。

這是一首動人心弦的相思詩，豔而不蕩，唯見深情。

⑾我念歡的的，子行由豫情。
霧露隱芙蓉，見蓮不分明。

「的的」明白的意思。「由豫」同猶豫。這首詩描寫抒發女子對情人念念不忘，深情綿綿；可是，情人對她卻用情不堅，女子表示懷疑和不悅。首兩句用情人和自己作對比，表現自己對愛情的忠貞和堅決；而責備情人態度曖昧猶豫，感情不明朗。詩的後兩句，通過「霧露隱芙蓉」的比喻，將情人的態度形象化，進一步道出女子的幽怨與不滿。這末兩句，語意雙關，「芙蓉」是「夫容」的諧音，指情人。「蓮」雙關「憐」，指情人「憐」愛的意思。如此巧妙的雙關語，增加表情的委婉含蓄，顯示作者豐富的想像力。

全詩表現女子對情郎的怨情訴說，語言樸素，感情真摯。對情郎對自己的愛捉摸不定，而質疑情人的感情。

⑿儂作北辰星，千年無轉移。
歡行白日心，朝東暮還西。

這首詩抒寫在當時男女對感情的態度，通篇以藝術手法的比喻和對比，表現男女對感情的輕忽和堅貞，言語樸實，比喻奇特。

首兩句先寫北斗星的「千年無轉移」比喻女子對愛忠貞專一；後兩句以太陽「朝東暮還西」來比喻男子對愛情的隨

便輕忽。女子將日月星辰，隨手拈來作比，顯出這首詩意境開闊，同時比喻又通俗易懂，貼切自然。

而且這兩個比喻，使北斗星與太陽、女子與男子，形成形象鮮明的對比，詩中的形象更生動，從而產生出巨大的藝術感染力。

⒀憐歡好情懷，移居作鄉里；
　桐樹生門前，出入見梧子。

「好情懷」意指美好的懷抱。「梧子」同音雙關吾子，指情人。這是一首愛情的頌歌，是抒寫女子對情人一片熾熱的愛戀。這首詩充滿喜悅歡快的情調。

首兩句寫因為女子喜愛情人有良好的懷抱，故遷居與情人成為同鄉同里的鄰居；說明女子熾熱的感情。後兩句打比喻點出前兩句女子如此做為的原因，並用雙關語，使詩意更加濃郁。

整首詩充滿女子喜悅、歡愉的感情，既已與情人朝夕相見；女子再用生動的形象來表達對未來、對幸福的憧憬，因而有後兩句的比喻與雙關，情人有如長在門前的梧桐樹，我進進出出都可以看到情人。

整首詩表現女子與情人的真情實意，用詞含蓄、蘊藉、耐人尋味，表現女子對愛人的思念，朝夕盼望相見之情。（大陸學者認為是女子的情人因愛戀女子，遷移而來與女子成為鄰居，書之，聊備參考。）

⑭自從別郎來，何日不咨嗟。
　黃蘗鬱成林，當奈苦心多。

此詩寫女子與情人分別後的心理意識。詩一開始即破題，言女子與情人分別後，每天每日都要哀歎，真箇是度日如年，孤寂難耐。「咨嗟」嗟歎無奈之狀，亦即歎息聲。

用「咨嗟」生動地表現分別前之情歡意合、甜蜜鍾愛和分別後的孤獨清冷、空房獨守，形象鮮明而動人。「何日」更點出女子愁苦之深廣久遠，難以消釋。

後兩句承前而下，繼續寫別後心理。「黃蘗」樹名，苦心。「當奈」即怎奈，以黃蘗蓊翳成林，暗喻離別之久，思念之深，愁苦之重。「苦心」表現是就「黃蘗」而言，實則狀女子之心態。一語雙關，形象含蓄，女子相思之苦，躍然紙上。

此詩雖短，比喻形象貼切，語意雙關，韻味深長，具有餘音繞樑的藝術效果。真是構思別致，前兩句寓抒情於敘事；後兩句寓抒情於比興。皆以離愁別苦貫串其中，而又隨之推進升騰，而後戛然而止，把潛在意識留給讀者去體味，真是一首絕妙好辭，令人迴思不已。

秋歌

⑴掘作九州池，盡是大宅裡；
　處處種芙蓉，婉轉得蓮子。

這首詩表現女子想念情人，婉轉的意思。首兩句是女子的妙想、妙喻。因為思念情人，因而女子妙想在宅裡，挖一座座池塘，做什麼呢？

後兩句是答案，運用雙關語，表現含蓄的美感，讓池塘到處種芙蓉（「芙蓉」雙關夫容，意指情人）。如此的話，就能委婉地得到情人，與情人幽會、相同（「蓮子」雙關憐子，指情人）。一個「得」字，一個「婉轉」，將相思的含蓄委婉，絲絲入扣、唯妙唯肖地表現出來，令人懷思不已，也不得不佩服女子的巧思妙喻。

⑵仰頭看桐樹，桐花特可憐；
願天無霜雪，梧子解千年。

這首詩抒寫女子對情人的愛真摯婉轉。首兩句寫抬頭看門前的桐樹，以桐樹起興，比喻情人，故第二句說出桐樹的花特別可愛（「憐」在南朝樂府皆為愛憐的意思，象徵情人、愛人）。

末兩句寫女子對情人的愛真摯無邪；因為愛，所以希望上天不會降下霜雪，使得桐樹的果實（梧子——梧桐果）能夠長長久久結實千年。「梧子」雙關吾子，即情人的意思。如此真摯的愛，真令人心動，感念不已。

⑶秋夜入窗裡，羅帳起飄颺；
仰頭看明月，寄情千里光。

這首詩寫女子獨守空閨，由秋風（「秋夜」大陸學者以為秋風，用大陸學者版本，詩意接得較順暢。）撩起羅帳，而引起思婦的情思；因而抬頭望月，託明月以寄情，將自己的愛心、情思、思念，傳達給遠方的情人。古人喜歡借明月寄情，此詩令人想起北宋・蘇東坡有名的〈水調歌頭〉：「但願人長久，千里共嬋娟。」短短四句，構成一幅淒清、孤寂、相思無盡的意境。

大陸學者云：「江淹別賦，黯然銷魂者，唯別而已矣。這首詩抒發思婦對遠行丈夫的思念，自具意境，淒婉動人。」可以作為讀者參考。此外，古人多用明月寄託相思，如王維〈伊州歌〉：「清風明月苦相思，蕩子從戎十餘載。」薛濤〈贈還〉二首：「閨閣不知戎馬事，月高還上望夫樓。」等。

此詩交織著思婦的惆悵與落寂，內容是單純的，然而，又是豐富的；令人一目瞭然，卻詩意綿綿無窮；構思巧妙卻表現得自然無痕。

冬歌

(1)塗澀無人行，冒寒往相覓。
若不信儂時，但看雪上跡。

這首詩用辭、構思都質樸可愛，而女子的一片情思，卻自然而然的流露出來，令人撼動。「塗澀」指地不平，地不平故無人行走，寫尋覓情人的艱辛，而且又是寒冬天氣，女子的愛與真情，使她有勇氣「冒寒往相覓」；首兩句直截了當地表達了女子的相思與勇氣，愛心自見。

末兩句非常樸質率真的向情人示意，如果您不相信我對您的愛堅貞不移，就請看雪地上我尋尋覓覓您的行跡。真是一首感人質樸的好詩。

⑵昔別春草綠，今還墀雪盈；
誰知相思老，玄鬢白髮生。

第一句（大陸學者以為青草綠，筆者認為在此，依然用潘重規先生的版本「春」草好，可以點明時間消逝的快速。）以樂景（春天）寫哀情（遠別）；第二句以哀景（石階上白雪盈盈，很冷冽）寫樂情（情人回來了——今還）。用對比表現相思整整一年，離別整整一年，倍見哀樂。後兩句寫一年的相思之苦，表現得淋漓盡致。先用反詰語，誰知？相思令人老！相思之苦情自見。最後一句以生動的形象，襯托也加強了第二句相思苦的深刻意象，令黝黑的鬢髮，一年頓成白頭！伍子胥過昭關，一夜頭白；其苦可知。

此詩簡樸而自然生動，詩意綿綿，令人迴蕩無窮。大陸學者云：「世間最哀苦之事，要算與心愛的人的生離，本詩的女子與丈夫久別重逢，痛定思痛，感慨萬端。『誰知相思老，玄鬢白髮生』，女子以誇張口吻，寫出一年的分離之苦，更加重情感的份量，與『一日不見，如三秋兮』（《詩經・王風・采葛》）為千古同歎。」可以作為讀者參考。

⑶何處結同心，西陵柏樹下。
晃蕩無四壁，嚴霜凍殺我。

這首詩借冬天的嚴寒無情，表現女子一片痴心，卻無人相應的孤單、寂寞、淒涼，讀來令人為之鼻酸。第一句用反詰語，表明女子意欲尋一知己的心願，「何處結同心」，「結同心」就是覓一知心人兒、相親相愛、相知相守。女子首先還滿懷信心，第二句寫出在西山上的柏樹下，可以遇見相知的人兒，用柏樹有松柏後凋於歲寒之意，表現女子欲尋覓堅貞的愛情的苦心。

末兩句寫來卻令人心酸，西山柏樹下什麼都沒有，「晃蕩無四壁」，令人想起司馬相如偕卓文君私奔回鄉，家徒四壁的故事，什麼都沒有還不打緊，女子更誇張地寫下了，寒冬嚴霜將她一腔熱情凍結。

女子的熱情與人世的無情相對比，豈不令人為之感歎唏噓，而女子的無窮遺憾也在字裡行間自然地表現出來。是一首動人的好詩。

⑷果欲結金蘭，但看松柏林；
經霜不墮地，歲寒無異心。

這首詩和上一首詩環環相扣，如果說上一首詩令人心碎；這一首詩卻令人感到溫暖，雖然，同是嚴寒的冬天，潘重規先生以為「結金蘭」就是「結同心」。此詩也如同上首詩，以松柏表示堅貞的愛情。不同的是，上首詩沒有知心人回應，這首詩有堅貞的情人出現，即使寒冬、經霜，此情不變，不離不棄，永結同心。

意境清新、自然、含蓄、而蘊藉。

大陸學者云：「自古以來，人們都嚮往白頭偕老，忠貞不渝的愛情，讀了這首詩，您也會有這樣的感受。女子以這首詩，表達了她對情人的希望，和對愛情的理想。詩人歌唱愛情的堅貞，用『松柏』這一具象事物來比『堅貞』這一抽象意義，把概念化作鮮明的圖畫：在風霜中傲然屹立的蒼松翠柏，給人以深刻的印象，使作品涵蘊無窮的藝術魅力。」可以為讀者參考。

(5)淵冰厚三尺，素雪覆千里；
　我心如松柏，君情復何似？

讀了前面二首詩，再讀這首詩，給人無窮的趣味。前面兩首都是直接的，正面的，肯定的；但是這首詩最後卻用反詰語，以肯定對反問：「我心如松柏，君情復何似」多麼豐富的情趣與遐思片片。

這首詩是冬歌的第一首，全詩四句，以女子口吻，緊扣冬景，抒發自己堅貞不變的愛情。雖是第一首，但如果沒有前二首的襯托，此詩的詩意、境界、趣味、情感自然動人，令人回味無窮，故放在前二首之後來讀。

前兩句採用寫景抒情的傳統手法，但詩人選景極為新穎，他選用「淵冰厚三尺」的靜景，娓娓地道出女子如冰凍三尺，非一日之寒的貞心、如白雪茫茫，覆蓋千里的一片潔心。這樣的取景，又非前二首詩，可以比擬的。

末兩句則變換角度，由冰雪轉移到松柏，由寫景抒情，發展到比喻抒情。「我心如松柏，君心復何似？」我愛你的心不僅如冰雪堅實潔白，而且，還如松柏一樣長青不老；而你愛我的心又像什麼呢？詩歌到此，戛然而止，餘下的男子之心，不明不白，任讀者去想像吧！

這首詩由於選景造情，「出新意於法度之外」（蘇東坡語），把歌頌愛情純潔的「皚如山上雪」（漢樂府民歌〈白頭吟〉）和形容忠臣的「心若懷冰」（陸機〈漢高祖功臣頌〉）融入詩篇，鑄造新詞，直接引出「冰凍三尺，非一日之寒」的成語。其間的源流、出處、趣味，都令人遐思無限。

大子夜歌

大子夜歌產生的時代，在子夜歌之後，表現詩人對音樂文學的態度和看法。《樂府詩集》定為晉宋間古辭，「大」有擴大、推廣的意思。潘重規先生言：「大子夜歌僅二首，皆讚美子夜音調，與子夜歌純粹抒情自不同。近人或以為子夜諸歌之總引子，或以為子夜諸歌之送聲。」

⑴歌謠數百種，子夜最可憐。
　慷慨吐清香，明轉出天然。

首兩句在數百種歌謠中，單單點出「子夜」最可憐，「最可憐」是最可愛的意思。《爾雅・釋詁》：「憐，愛也。」

末兩句點出情感和自然是完成優美詩歌的重要條件，首先說明歌謠是不得志者，發洩激憤昂揚的情緒，以清晰響亮的歌聲表現出來的一種情感；最後一句點出，情感借歌聲發洩，歌聲清晰、明亮、婉轉，如此悠揚激昂的音調，是出於天然的。即語言自然質樸、不加雕飾。這兩句從感情、音調、語言三方面，肯定了「子夜歌」。

大陸學者引用金・元好問〈論詩三十首評陶淵明〉詩云：

「一語天然萬古新，豪華落盡見真淳；南窗白日羲皇上，未言淵明是晉人。」又評〈敕勒歌〉云：「慷慨歌謠絕不傳，穹廬一曲本天然。中州萬古英雄氣，也到陰山敕勒川。」（見《遺山先生文集》卷十一），很顯然是受這首詩的啟發而寫出來的，可以為讀者參考。

⑵絲竹發歌響，假器揚清音。

不知歌謠妙，聲勢出口心。

此詩首兩句表現管弦樂的演奏，是假借樂器傳遞清新的音樂。末兩句以反語「不知」點明歌謠之美妙，在於聲音與韻勢和歌者的心靈、口唇的發聲，一致天然的表現出來。這說明歌者的造詣全在口腔與心的變化，表現當時對音樂的審美情趣。

前兩句寫管弦樂是借助樂器來演奏，而民歌歌謠的美妙，在於人聲的真摯感情和口腔的發展技巧，雖不被管弦，自然聲勢奪人，自成風韻，能令人繞樑三日，餘音無窮。

這兩首「大子夜歌」運用烘托和反襯的手法，表達了我國古代的文藝觀，形成以「慷慨吐清音，明轉出天然」與「不知歌謠妙，聲勢出口心」為核心的審美情趣。

大陸學者認為：「這種審美情趣，開唐人以詩評詩的風氣，為唐詩之先河。」可為讀者參考。

子夜警歌

子夜警歌產生時代在子夜歌之後，潘重規先生引王運熙《六朝樂府與民歌吳聲西曲雜考》云：「據古今樂錄，子夜四時歌、警歌、變歌，合稱游曲（插曲）六曲，是吳聲十曲中間的游曲。大子夜歌專作子夜歌的送聲，游曲六曲，雖出於子夜，卻兼派十曲的用途。游曲的性質、地位，前人沒有說明；推想起來，其意義猶如現今的插曲。吳聲十曲很長，連續唱時，中間需要歇息；在這空隙的交替階段，由樂人唱一些歌詞較短，內容為不同的游曲，也是很自然的事情吧？」這個看法很中肯，底下我們就來賞析這首子夜警歌：

恃愛如欲進，含羞出不前。
朱口發豔歌，玉指弄嬌弦。

前溪歌

潘重規先生云：「《樂府詩集》云：『《樂府解題》曰：前溪，舞曲也。』又引宋樂史《太平寰宇記》（卷九十四湖州武康縣）云：『前溪在縣西一百步。晉時邑人沈充家於此溪。』胡仔《苕溪漁隱叢話》云：『于競《大唐傳》：湖州德清縣南前溪村，則南朝集樂之處。今尚有數百家習音樂，江南聲伎，多自此出，所謂舞出前溪者也。』德清毗鄰武康，蓋前溪乃沈充家鄉河流之名。前溪歌在南朝為著名舞曲，其名詞屢見當時詩篇中（說詳王運熙〈前溪歌考〉）。」

由潘先生言，可知前溪歌最初產生於晉，可能是沈充在民歌基礎上加工修改，或仿民歌所制。是一種一邊舞一邊歌的詩，或是在舞蹈時，所伴唱的歌詩。歌聲微妙，唐詩、宋詞淵源於此。

(1)黃葛結蒙籠，生在落溪邊；
花落逐水去，何當順流還？
還亦不復鮮。

此詩詠唱青春易逝，應及時求愛結好的戀歌。「黃葛」植物名，莖蔓生，莖皮可製葛布，通稱葛麻。「蒙籠」草木茂密的樣子。第一句寫黃葛交結纏繞，長得蔥蘢茂密，喻女性美好的青春年華。第二句寫如此蔥蘢茂密的黃葛生長在落水邊，第三句寫花——落在水裡，就會隨水流而去，第四句寫什麼時候還會順著河水倒流回來呢？第五句寫即使能夠倒流回來，也不可能再是新鮮的了！

通篇採用比興和隱喻的手法，含而不露，意蘊深長，暗示人們青春易逝，紅顏易老，時不我待，逝而不返。弦外之音，似有提醒男女珍視時光，及時求愛結好之意。令人想起唐人詩：「花開堪折直須折，莫待無花空折枝。」的意思，古今二詩有異曲同工之妙。

全詩格調清新、活潑、爽朗，語言自然、流暢、親切、優美、含蓄，具有表現人物性格特徵和微妙心理的特點。尤其末三句把青春少女的嗔怪、矜持、嬌憨、潑辣的情態，表現得維妙維肖，令人迴思不已。

⑵憂思出門倚，逢郎前溪度；
莫作流水心，引新都捨故。

這是一首描寫女子對情人的心捉摸不定，懷憂叮嚀的情詩。首兩句敘事，寫女子因對情人的心，把握不定而心懷憂愁，出門倚思，正巧遇到情人渡過「前溪」河。「逢」遇的意思，「度」渡的意思。

後兩句運用比喻和雙關，叮嚀情人不要喜新厭舊。以「流水」比喻變動不定的感情，也雙關情人的意思。意思是叮嚀情人愛女子的心千萬不要像流水，接引新水後就排棄舊水。比喻巧妙、貼切，而女子細膩、追求真情的愛心也自然而然地躍然紙上。

⑶黃葛生爛熳，誰能斷葛根？
寧斷嬌兒乳，不斷郎殷勤。

這是一首已婚女子表白愛丈夫的歌。首兩句用比興的手法來隱喻夫妻愛情生活如熊熊大火，光彩奪目，是任何人也破壞不了的。夫妻情深意篤，就像那爛熳的黃葛一樣，繁花似錦，光彩奪目，根深葉茂，誰能斷得了它的根呢？

末兩句運用誇張、對比、襯托的手法，剖肝瀝膽，直抒胸臆。表白了女子寧願斷掉對嬌兒的哺乳，也不願斷掉丈夫的深情厚意。以對嬌兒的愛和對丈夫的愛對比，一個「寧斷」，一個「不斷」，捨一取一極誇張、突出地表現女子對夫妻愛情的珍視、執著和忠貞。也表現女子大膽、潑辣、直率、真誠和剛烈的性格。

全詩格調高亢、熱烈、奔放；語言樸質、明快、酣暢、擲地有聲，令人對之肅然起敬。

丁督護歌

潘重規先生云：「《樂府詩集》云：『《宋書‧樂志》曰：督護歌者，彭城內史徐逵之為魯軌所殺。宋高祖使府內直督護丁旿收殮殯埋之。逵之妻，高祖長女也。呼旿至閤下，自問殮送之事。每問，輒歎息曰：丁督護！其聲哀切。後人因其聲，廣其曲焉。』」本事發生於晉安帝義熙十一年（西元415年）。

(1)督護初征時，儂亦惡聞許；
願作石尤風，四面斷行旅。

「許」如此的意思，「石尤風」打頭逆風，阻止船不行的意思。此詩寫督護妻或情人，不願丈夫或情人遠行出征的詩。首兩句平鋪直敘，直寫女子不願督護「初征」。因為不願，故引起末兩句的詩意，用比喻表白女子的心，一個「斷」字，質樸、真摯、堅決、果敢；女子的深情在字裡行間自然流露，讀之，令人感動。

(2)聞歡去北征，相送直瀆浦。
只有淚可出，無復情可吐。

「直瀆浦」蓋建業（今南京）地名。「歡」情人。此詩寫女子送情人北征，深情綿綿卻含蓄蘊藉，令人情動，迴思無窮。

首兩句敘事，寫聽到情人將要出征，就深情款款地相送到南京。末兩句純寫情，將別未別，對著情人直哭，無情語相送。意在言外，如詩如畫，令人感動。「只有淚可出」質樸的情深如許，字裡行間充孕著深情；「無復情可吐」含蓄動人，一有一無之間，深情頓見。

懊儂歌

懊儂歌是晉安帝隆安中（西元397～401年）民間歌謠。

⑴江陵去揚州，三千三百里；
　已行一千三，所有二千在。

江陵、揚州是當時的兩大都市，「去」指距離。此詩寫遊子歸心似箭的情懷。此詩以數字表達感情，顯現民歌的動人風韻。首兩句寫遊子所在之地與家鄉的距離，末兩句寫歸心似箭，質樸、充滿豐富的趣味性。

⑵我與歡相憐，約誓底言者？
　常歎負情人，郎今果成詐。

此詩寫女子被負之詩。首兩句寫與情人相盟約發誓，互相關懷、相親相愛；末兩句寫女子隱約感覺被負，果然是真的。

讀曲歌

吳聲歌曲，多起於民間謠曲，而流行於士大夫間，讀曲歌亦然。不似子夜歌的整齊，句式為長短句錯落的表現形式。

⑴千葉紅芙蓉，照灼綠水邊。
餘花任郎摘，慎莫罷儂蓮。

這首詩描寫少女初戀時期的複雜心態，刻畫真切，清新可誦。首兩句寫景優美，抒情婉曲，運用雙關，詩意婉約。首言碧綠的水邊，有茂盛的紅色芙蓉花照耀著，點明少女與情人幽會之處。「千葉」形容情人有很多很多青青蓮葉襯托，為少女的複雜心態，即憂心做伏筆。「芙蓉」雙關夫容，指情人。

末兩句「餘花」與「千葉」相呼應，含意婉約。「任郎摘」，多麼委屈求全的心態；為何如此委屈，只為最後一句，「慎莫罷儂蓮」，「蓮」雙關「憐」，愛的意思。千萬不要停止對我的愛。由此詩可知，南朝時期的女性，地位已不如母系時代的具有威權。末兩句直抒胸臆，沉痛感人，現代女性不必如此，要追求、自由、平等、互相尊重的愛。

⑵打壞木棲床，誰能坐相思？
三更書石闕，憶子夜題碑。

這首詩坦率地表露女子相思之情。因思念情人而情不堪，故首兩句用否定表現真摯、肯定、深刻的感情。「打壞木棲床，誰能坐相思？」是說相思苦，所以將「木棲床」（古人坐床榻休憩，非今人睡覺用的床）打壞掉，讓人不能坐床榻思念情人。雖如此，但相思之心，苦苦纏繞心頭，何計可思？無計可思。

因而，末兩句運用雙關，表露女子想念情人不已，不知不覺悲啼。「三更」半夜，相思到半夜不能眠，所以，起來將思念寫在石碑上（「石闕」即石碑），一面寫一面相情人，所以明言：「憶子夜題碑」，「題碑」雙關語即啼悲的意思。

此詩敘事，層次分明，先打壞床，不欲相思；但相思難了，故在半夜題碑以記相思之情。情感自然流露，令天下有情人，讀之，不免惻隱之心，油然而生。

(3)柳樹得春風，一低復一昂。
　誰能空相憶，獨眠度三陽。

「三陽」三春的意思，此詩寫女子「空相思」而發出春閨獨守、虛度春光的寂寞之感。用對比的手法，首兩句寫春風拂柳，一低一昂，正是柳絲得春風拂照，得意纏綿之時；對比，女子獨守空閨，無法成眠的思春之情。

「誰能空相憶」以反詰語，襯托芳心無寄，令人想起李商隱的詩：「此情可待成追憶，只是當時已惘然。」此詩用詞質樸，動靜相參，情思自然顯露，令人讀來如見其人，憐憫之心油然而生。寫景生動有情趣，歷歷如繪，如在目前。

⑷君行負憐事，那得厚相於？

麻紙語三葛：我薄汝麤疎。

「憐」愛也。「負憐事」謂辜負愛情之事，猶言負心事。「相於」相親厚。首兩句寫男子辜負女子之情，所以女子說：如此，怎能互相親厚？

「麻紙」紙名。「三葛」葛布名。以紙薄葛麤比君粗疏我薄情。這是一首非常平等對待的詩，情人要負心，女子當然不再愛他，對後世人也有警戒作用，是一首很理性的詩，不假修飾。

⑸打殺長鳴雞，彈去烏臼鳥。

願得連冥不復曙，一年都一曉。

「長鳴雞」指雄雞報曉。「烏臼鳥」即鴉舅，鳥名，意為鴉舅晨啼。此詩是閨怨詩的開山祖，首兩句比興，寫女子要將報曉的雞兒鳥兒，全給趕走。這有如唐詩：「打起黃鶯兒，莫教枝上啼；啼時驚妾夢，不得到遼西。」同是寫閨中女子相思相愛之情。

但此詩別饒趣味，韻味十足；看最後兩句，寫女子的天真、無邪和痴情、坦率。「冥」昏暗不明。這兩句是說：希望能夠天天天昏地暗，天不再亮；「一年都一曉」指一整年都在一起，只要有一天曙光乍現的白天。想像離奇、巧妙也誇張。把不可能的事寫出來，顯現閨中女子希望日日與情人相聚、相守、相廝不離棄的痴情。

(6)下帷掩燈燭，明月照帳中。

　無油何所苦，但使天明儂。

「掩」滅息。「天明儂」天知我心。此詩婉約之中現溫柔敦厚之情。寫女子在明月的光華照入帳中時，想熄滅燈燭思眠，月光勾起女子的情思。但女子含蓄、婉約地表達，即使油燈無油可以點燃，也不為情所苦，只希望上天明白我思念情人的情思。

多麼地委婉、含蓄、耐人尋味。

(7)種蓮長江邊，藕生黃蘗浦。

　必得蓮子時，流離經辛苦。

此詩運用雙關，寫女子與情人艱難曲折之愛情經歷。「蓮」即憐，指情人。「藕」雙關，配偶。「黃蘗」樹名，苦心。「浦」水濱。首兩句寫情人如種在長江邊的蓮花，果實成熟時（情感成熟），會長出蓮藕（兩人匹配成偶即成夫妻）是生在苦心種的黃蘗水濱中的蓮藕。這兩句敘事，寫男女成婚配，歷經辛苦。

後兩句加強實寫，表現女子欲與情人相廝相守的心，很堅決地表明欲與情人在一起，共同生活。「蓮子」諧音憐子，即情人。雖經過千辛萬苦，也要與情人終成眷屬。

語意婉轉、堅決、令人感動，也給這得之不易的情侶，無限的祝福。

(8)暫出白門前，楊柳可藏烏。
　歡作沈水香，儂作博山罏。

「沈水香」又名沉香，是香物。「博山罏」漢時香爐名。此詩運用明喻和暗喻，寫女子希望與情人兩情長相依偎，一如博山罏與沉香，永遠相連在一起。「白門」是南京城門。

首兩句暗喻興起，寫女子走出南京城門，看到城門前的楊柳樹濃蔭密佈，烏鳥藏棲其中，比喻女子與情人相聚。

但是，相聚一時，令人依戀；所以末兩句寫女子希望與情人長相廝守。「歡」情人，情人是沉香，我是藏香的博山罏；這是明喻，女子的情思，不言而喻。

神弦歌

潘重規先生云：「《樂府詩集》云：『神弦歌十一曲：一曰宿阿，二曰道君，三曰聖郎，四曰嬌女，五曰白石郎，六曰青溪小姑，七曰湖就姑，八曰姑恩，九曰採菱童，十曰明下童，十一曰同生。』蕭滌非《漢魏六朝樂府文學史》曰：『南朝前期民間樂府之第二部為神弦歌。以歌中青溪、白石、赤山湖等地名考之，知其發生乃不離建業（南京）左右。神弦歌之來源，亦似甚早。』《宋書・樂志》：『何承天曰：或云今之神弦。孫氏以為宗廟登歌也。史臣案，陸機孫權誄：肆夏在廟，雲翹承機，不容虛設此言。』又韋昭孫休〈世上鼓吹鐃歌十二曲表〉曰：『當付樂官善歌者習歌。

然則吳朝非無樂官，善歌者乃能以歌辭被絲管，寧容止收神弦為廟樂而已乎？』據此，則是孫吳時，江南已有此歌矣。觀其歌詞，蓋民間祠神之樂章，與楚辭之九歌，性質正同。即朱子所謂『比其類宜為三頌之屬，而論其詞則反為國風再變之鄭衛。』者是也。對於此種體製與內容矛盾之解釋，吾人約有三點：第一，民間祈祀之神，無關天地山川之大，只是一些雜鬼。第二，南方風俗，尚淫祀，每用巫覡作樂歌舞娛神。第三，視郊祀為嚴重之典禮，而一般民眾對之，則無異於一種娛樂之集會。基此三點，故民間祀神樂章中能夾雜不少有情趣之描寫，與貴族所用之郊祀異其面目。」所言甚是。

清溪小姑曲

開門白水，側近橋梁。
小姑所居，獨處無郎。

此詩為神弦歌第六首，形式為四言。「白水」水名。首兩句敘事，寫女子一開門就看到溪水，女子所居就在溪流上的橋邊。「側近」旁邊靠近。「梁」同樑。接著由居所而表明女子尚單身，無情人；此詩很明顯地影響唐・李商隱，他有詩曰：「神女生涯原是夢，小姑居處本無郎。」化用此詩詩意，神靈活現，令人拍案叫絕。

西曲歌

在說明西曲歌之前，我們先說，吳聲歌曲大概分兩大類：一為最初為民謠，其後被上層社會發展為樂曲，如：子夜歌。一為上層社會自己的創作，如：碧玉歌。而此兩大類體製大多為五言四句，內容比較率真，語言比較質樸自然，產生於東晉、劉宋兩代。

西曲歌則流行於長江流域中部及漢水流域，以江陵為中心。或曰荊楚西聲，是南方歌謠。西曲歌34曲，舞曲16曲，倚歌15曲，舞曲倚歌2曲。舞曲倚歌之別，除有舞或無舞外，尚有樂器上的區分。舞曲是西曲歌的主要部分，產生於宋、齊、梁三代。倚歌則產生於齊、梁兩代，分兩類：一由民謠發展而成，如：石城樂、襄陽樂。一由上層社會的創作，如：壽陽樂。

潘重規先生曰：「《樂府詩集》云：『西曲歌出於荊郢樊鄧之間，而其聲節送和與吳歌亦異，故因（「因」字據《古詩紀》補）其方俗而謂之西曲云。』按西曲歌凡三十五種，中十六種為舞歌，二十一種為倚歌，重孟珠，翳樂二種。《古今樂錄》：『凡倚歌悉用鈴鼓，無弦，有吹。』而吳聲歌樂器則箜篌、琵琶之屬，故郭茂倩謂其聲節與吳歌異。惟內容風調，則不獨舞歌與倚歌無殊，即與吳歌亦無別也。」

石城樂　舞曲

聞歡遠行去，相送方山亭；
風吹黃蘗藩，惡聞苦離聲。

潘重規先生言：「《樂府詩集》云：『《唐書‧樂志》曰：石城樂者，宋臧質所作也。石城在竟陵，質嘗為竟陵郡，於城上眺矚，見群少年歌謠通暢，因作此曲。《古今樂錄》曰：石城樂，舊舞十六人。』據此，是石城樂本竟陵民謠，臧質為郡守時乃改製成為樂曲。……是石城為竟陵郡治所在。」

又曰：「《太平廣記》引《幽明錄》：『東陽丁譁出郭，於方山亭宿。』是方山亭在東陽（郡名，屬揚州）郊外。」「黃蘗，苦心之木，以之為籬，故曰苦籬。風吹苦籬，故曰苦籬聲。籬與離諧音，風人語也。」「藩」同帆。「離」同籬。

此詩乃描寫女子與情人分別，相送別之詩，並描述女子不願受離別之苦，故言：「惡聞苦離聲」。首兩句敘事，寫情人遠行，相送至「方山亭」；末兩句抒情，先寫以苦心之木為帆，情人漸行漸遠，而突然刮起大風，吹帆遠去，風聲吹苦籬（男女相別，心是苦的）。所以，女子直言，不喜歡聽這離別之苦的風聲。

象徵、雙關、明喻，讀來令人為女子之纏綿、巧思、巧喻、深情而動容。

孟珠　倚歌

《樂府詩集》云：「一日丹陽孟歌珠。《古今樂錄》曰：孟珠十曲，二曲倚歌，八曲，舊舞十六人，梁八人。」

⑴陽春二三月，草與水同色；
　攀條摘香花，言是歡氣息。

這一首詩運用雙關，以採花比喻博得情人的心。首先點時間，是在初春二、三月的時節，春天使人心神蕩漾，春光無限；第二句寫春景，用碧草如茵的青青草原倒映水中，倒影與青草同一色，充滿春天的氣息。

末兩句用「攀條摘香花」來比擬獲得情人的愛心，所以說清香撲鼻、充滿歡樂氣息的春天，是情人愛憐女子，喜悅歡快的神氣精神與面容顏色。

⑵望歡四五年，實情將懊惱；
　願得無人處，回身與郎抱。

這首詩表現南朝樂府民歌的典型「大膽」，寫女子喜悅與情人歡會的坦率心情。「歡」情人。「實情」真心。「將」並的意思，伴帶。「懊惱」拂逆失意。

首兩句寫女子渴望情人的愛已經四、五年了，可是情人的真心總不向女子表露，使女子感覺失意拂逆，不高興。接著女子大膽坦率地將自己喜愛情人的心懷，很生動大膽的表現出來。女子說：「我希望能擁有一塊沒人看得見的地方，回轉身來和情人相親相愛，擁抱在一起。」「回身」回轉身。

詩意是大膽坦率，但讀來令人覺得熱情澎湃、蕩人心腸，回味無窮。

作蠶絲 倚歌

(1)春蠶不應老，晝夜常懷絲。
何惜微軀盡，纏綿自有時。

這首詩運用雙關，寫女子對感情的執著與深情。「懷絲」諧音懷思。首兩句以春蠶吐絲比喻女子春心動，愛情滋潤女子，使她覺得自己要像春蠶生意盎然，不應該老氣橫秋，因而日日夜夜對情人懷抱深刻的相思之情。

首兩句以春蠶起興，引動女子的春心。接著兩句寫女子對愛情的執著與專一，春蠶吐絲要吐盡絲緒，化成蛹，一生才算修煉完成，而整個吐絲的過程就像相戀的情侶纏綿深愛，共度一生，這種深刻執著的愛才是真愛。

由此詩我們看到先民正確的愛情觀。

(2)素絲非常質，屈折成綺羅。
敢辭機杼勞，但恐花色多。

這一首詩借織絲成布（布匹雙關配偶）表示女子以絲自喻，不願織成花色繁多的布匹（比喻不願情人有很多配偶）。「素」潔白。「絲」雙關語思。「非常質」不同尋常，特別出色的質地。這第一句比喻女子的思想、觀念、氣韻不比常人。大陸學者認為是女子對情人說：女子對情人的愛情純潔無比，不是普通的感情。

第二句「屈折成綺羅」，「屈折」二字用得巧妙，「綺羅」有花紋的絲綢。這一句既指織造過程中，白絲屈屈折折地織成絲綢；又指愛情的路途曲曲折折，終於成功，既巧妙又雙關。

末兩句對仗工整，「敢辭」指豈敢推辭，「但愁」是只怕的意思。「花色」雙關，一指絲綢圖案的花紋，一指別的眾多的顏色如花的女子。所以，女子說在與男子談情（織布）的過程中，她豈敢推辭織布成匹的辛勞，只怕的是，織出的布匹花色繁多，令情人對女子不專一而花心，拈花惹草。

這首詩把女子對愛情的期待，和渴盼專一的愛，細緻入微，又準確傳神地表現出來。讀來令人敬佩和迴思不已。李義山詩：「春蠶到死絲方盡」豈不由此二首詩脫胎而成？

攀楊枝　民歌

自從別君來，不復著綾羅。
畫眉不注口，施朱當奈何。

此詩寫女子與情人離別後的相思之情。這首詩的特點，在以女子女性的生活特徵來表現女性獨有的相思情懷。這個特徵就是女性比男性注重修飾打扮，此詩就以此開筆。

首兩句由穿著來寫，自從與你分別以來，我就不再穿豔麗好看的絲綢衣服。接著寫化妝，「畫眉」、「注口」、「施朱」是女性面部化妝的主要項目，而女子心不在焉，說我描完了眉，忘了點口紅，「注」點的意思，如此煩思，即使再擦脂粉（施朱）又有何用呢？

全詩無一字寫相思，而相思之情自顯，借無心化妝穿著來表現女子刻骨銘心的相思之情、堅貞的愛，令人迴蕩。而女子美好的形象，尤其美的心靈，真正打動人心。這種以景傳情、寓情於景的寫法，非實非虛而虛實相生，在抒寫愛情相思之詩中，都算是獨闢蹊徑，別開生面。

拔蒲　民歌

青蒲銜紫茸，長葉復從風。
與君同舟去，拔蒲五湖中。

「蒲」是一種水生植物，其質堅韌滑膩，適於編織蒲席。因此，每當蒲草長成之時，「拔蒲」就成了水鄉男女青年喜愛的一種農活。此詩即將此活動與男女愛情交織抒寫。

首兩句寫景，寫男女在水中看到青青茂盛的蒲草銜著紫色的茸花，一「紫」、一「青」字，將水中景色描寫得很美、很柔，這是靜態美；第二句寫動態美，長長的葉子，隨風搖擺不止。一動一靜，將水邊景色寫得生動靈活柔美。

末兩句敘事，由景及人，寫女子與情人同駕輕舟，向蒲草青青的湖中駛去，在湖中一起拔蒲，「五湖」古人慣用語，女子與情人在舟中看到的是蒲草豐收的喜人景象，象徵他們兩人相親相愛的柔情蜜意。寫景敘事如此簡約，而喜悅歡快之情已洋溢於字裡行間，有著以景傳情，情景相生的藝術效果。

雜曲歌辭

西洲曲　經文人潤飾過之民歌

憶梅下西洲，折梅寄江北。
單衫杏子紅，雙鬢鴉雛色。
西洲在何處？兩槳橋頭渡。
日莫伯勞飛，風吹烏臼樹。
樹下即門前，門中露翠鈿。
開門郎不至，出門採紅蓮。
採蓮南塘秋，蓮花過人頭。
低頭弄蓮子，蓮子青如水。

置蓮懷袖中，蓮心徹底紅。
憶郎郎不至，仰首望飛鴻。
鴻飛滿西洲，望郎上青樓。
樓高望不見，盡日欄干頭。
欄干十二曲，垂手明如玉。
卷簾天自高，海水搖空綠。
海水夢悠悠，君愁我亦愁。
南風知我意，吹夢到西洲。

唐・溫庭筠〈西洲曲〉云：「悠悠復悠悠，昨日下西洲，西洲風色好，遙見武昌樓。」則西洲近武昌。下西洲，謂往西洲。「鵶」同鴉，「鵶雛」小鴉的意思。全詩描寫一個可愛的女子，對其情侶的長相思，表現她熾熱純潔的愛情。詩一開始便以濃重的相思之情，勾畫出一幅少女折梅傳情的圖畫。女子聞著輕溢的幽香，徘徊於梅林之中，觸景懷春，憶起如「梅花」般的情郎，沉浸在無限快樂和甜蜜之中。然而，情人不在眼前，便生無限思念，於是折梅寄北，給在江北西洲上的情人，來喚起他相同的記憶。

三、四句描寫女子的儀容。詩中沒有從頭到腳的鋪寫，只突出兩點：一是杏紅色單衫，十分好看；二是鴉雛色秀髮，烏黑發亮，惹人喜愛。詩歌僅用十字，經過美學心理的濾選，精練地刻畫了女子的美貌。五、六句運用設問，點出了西洲的方位，可知少女在江南，情郎在江北，見面並不困難，只要搖起小艇的兩槳，可直抵西湖洲頭的渡口。但二人長期未見，怎不令女子倍生思念之情？

女子欲往而不能，故引出她的「思」來。本詩接著通過女子的舉止和景物的交織描寫，十分自然地映襯出女子熾熱、純潔而又微妙的思念情人的心境。詩句聲情搖曳，給人一種色調鮮明而又情意委婉的感覺。

「日莫」以下四句，寫仲夏季節，單棲的伯勞，恰在日暮時，落在女子門前的烏臼樹上，女子頓生淒情之感，思念起情郎。思而不見，必然開門遠望，所以，「門中露翠鈿」。「翠鈿」翡翠的髮飾。但，「開門郎不見」，「情」在內心翻滾，於是，走出家門，去南塘採「蓮子」（蓮子雙關憐子，即情人。），採蓮正是追求情郎的委婉表露。「低頭弄蓮子，蓮子青如水」又象徵女子對情人潔淨如水的品格的讚美。

「置蓮懷袖中，蓮心徹底紅」，進一步寫女子對情人的無限珍惜。如此一瀉千里似地對採蓮生動細緻的刻畫，傾注了作者深深的情意，委婉地揭示出女子愛蓮實愛郎，見蓮如見郎的內心秘密。如果說詩的開頭用粗筆勾勒了「折梅圖」，接著用工筆描繪了「採蓮圖」。「憶郎」以下十句，又生動地畫出了一幅「秋思圖」。

女子在「憶郎郎不至」的悵惘思緒下，「仰首望飛鴻」。古代有鴻雁傳書的佳話，女子盼望鴻雁把情人的信息帶來。平地望不到，又「望郎上青樓」，結果是望穿秋水，仍然是「鴻飛滿西洲」。女子上樓依然望不見情人，整日（「竟日」整日的意思）在樓頭徘徊，把欄杆倚遍，「欄干十二曲，垂手明如玉。」十分傳神地勾畫了這一情景。

「卷簾天自高，海水搖空綠。」二句比喻女子往上翹首盼望情人，往下俯瞰碧綠的海水，思念情人；而「天自高」、「海水搖空綠」，表明盼也盼不到。雖然如此，但女子想念情人的一片情思，從早到晚，從晝到晚，深刻纏綿、思念深切。

「海水夢悠悠」四句是詩的結尾。女子與情人的相思之情，化作海水似的悠悠夢境，女子由己之愁，推想情人思念之情之愁，亦必如己。而思念不至、盼望不到，只好請「南風」把夢境帶給西洲的情郎，讓有情人在夢裡相逢。這個寄希望於使者的結尾，表現了無絕期的綿綿思念。

本詩用抒情的筆調，跳躍的情節，貫串的情思，奏出一支十分真摯可愛的相思曲。畫面取白描勾勒，尤其用了「折梅」、「單衫」、「伯勞」、「採紅蓮」、「南塘秋」、「弄蓮子」、「飛鴻」等季節特徵的詞語，使得一年四季畫面清晰、明快，富有濃厚的南方地域色彩。詩句音節整齊，韻律和諧，四句一換韻，節與節之間，用民歌慣用的頂真格相勾連，格調清新，具有獨特的藝術魅力，是「吳歌」、「西曲」發展到成熟階段的代表作。

四、北朝樂府

梁鼓角橫吹曲

潘重規：「《樂府詩集》云：『《古今樂府》曰：梁鼓角橫吹曲有企喻、瑯琊王、鉅鹿公主、紫騮馬……隴頭流水等歌三十六曲，二十五曲有歌有聲，十一曲有歌。是時樂府胡吹舊曲有大白淨皇太子、小白淨皇太子……十四曲，三曲有歌，十一曲亡。又有隔谷……等歌二十七曲，合前三曲凡三十曲，總六十六曲。……。』《漢魏六朝樂府文學史》曰：『所謂梁鼓角橫吹曲者，實皆北歌，非梁歌也。今歌中辭中有我是虜家兒，不解漢兒歌。及長安、渭水、廣平、鉅鹿、隴頭、東平、孟津諸北方地名，皆可為證。……是此種北歌，固嘗先後輸入於梁陳，故智匠作樂錄時，因題曰梁鼓角橫吹曲耳。歌是北歌，而保存之者則南人也。』又曰：『北朝民間樂府，以鼓角橫吹曲六十六曲為主，其他如雜曲、雜歌謠辭亦有一、二，以現存數量言，誠遠不及南朝，然而，在文學價值上則正可並駕齊驅。我國文學，自先秦之世，即已有南北兩派之不同。大抵南方纏綿婉約，北朝則慷慨悲涼。南方近於浪漫，北朝則趨重實際。南方以辭華勝，北則以質樸見長。而此種區別，在南北兩朝民間樂府中，表現尤為明著。』」簡而言之，南朝民歌：纏綿悱惻、輕柔婉轉、以浪漫美麗色彩表現，多談愛情。

北朝民歌：悲涼慷慨、樸實精神，剛健直瀉，多談武事。

*1.*琅琊王歌辭

(1)新買五尺刀，懸著中梁柱。
　一日三摩娑，劇於十五女。

「劇」，甚的意思。

上詩表現北方民族的尚武精神，因為尚武，所以重刀。全詩不過二十字，把男兒愛刀的心態，刻畫得淋漓盡致。首句寫「買」刀，說刀是「新買」的，長有「五尺」。由於刀是新買的，所以非常愛；由於刀長五尺，是好刀，所以尤其愛。

次句寫「懸」刀。說把刀掛在中樑的柱子上。因為這裡是屋子中最顯眼的地方。所以，可以不時地看到它，看在眼裡，愛在心裡。

第三句寫「玩」刀。說每天都要多次地撫摸刀，正是愛之於心，所以玩之以手。

最後，以「愛」刀總結。說愛刀的心情，遠遠超過愛十五歲的少女，用襯托作結。把愛刀的心情推到無以復加的境界。

此詩前三句通過一連串的動作，表明愛刀。最後一句直抒感覺，說明愛刀；首句明寫，後三句暗寫。

文字清新、剛健、慷慨、直瀉，表現出北人樸直的精神，毫無矯飾的情感；與南方浪漫瑰麗的思想、感情不同。

⑵瑯琊復瑯琊，瑯琊大道王。
鹿鳴思長草，愁人思故鄉。

此詩寫北方人思鄉想家的歌。前二句直說，後兩句設喻。以《詩經・小雅・鹿鳴》篇為喻，表示懷人，懷人而引申為懷鄉。比喻見出人作詩的藝術性。首兩句用重複辭彙，表現思鄉之情，字面上不含其他的意思。只指北方。

後兩句也連用二次「思」字，加強北人思鄉的濃郁情思，「長草」的長有深的意思，也就是對家鄉深深思念。「愁人」指思鄉的人。

此詩令人讀來韻味十足，音韻鏗鏘，也詩意綿長，「鹿鳴」一句設喻，「愁人」一句明言，點題旨。

⑶客行依主人，願得主人彊。
猛虎依深山，願得松柏長。

此詩寫客士依附主人的願望。

自古以來，客士都是擇主而事的，正所謂「良禽擇木而棲，賢者擇主而事。」既經選定，便希望主人能夠強大，一則可以為之盡力，建立功名；二則可以求得庇蔭，保證安全，尤其是動亂不定的北朝，更是如此。此詩真切地表達當時客士的心聲。

首句明言「客」士的一切行動都「依」靠主人。所以，主人的武力和智慧，是決定勝負、成敗的關鍵。第二句寫「客」士希望主人強盛，能夠開疆拓土，兼併其他勢力，從而結束戰亂。末兩句用比喻，以「猛虎」比喻「客士」，以「深山」比喻「主人」，以「松柏長」比喻勢力「強」；說猛虎有深山可以依托，有松柏的茂密可藏身。客士要「依」主人，所以，「願得」主人強；猛虎「依」深山，所以也「願得」松柏長。四句，兩兩重複，句式雷同，這是樂府民歌的特色。

首兩句直說，表心意；末兩句設喻，明道理，用淺近的道理深化自己的心意。首兩句真切而不加雕飾；末兩句恰切而有詞采，二者相輔相成，增強了詩歌的藝術感染力。

⑷憎馬高纏鬃，遙知身是龍。
　誰能騎此馬？唯有廣平公。

廣平公，姚弼之子，姚興之弟。因為勇武事跡流傳甚廣，給人們留下深刻的印象，所以才有此讚歌。

首兩句寫馬。「憎馬」即千里馬，烈馬。「高纏鬃」即把馬鬃高高纏起。內寫馬性，外寫馬飾，足見不是凡馬，這是從近處看。若從遠處看，此馬奔馳，馬身飛騰，那裡是馬，彷彿是一條真龍！龍馬自是一匹神馬，這兩句突出馬。

末兩句寫人。先用設問句，「誰能騎此馬？」誰能駕馭如此桀驁、馳如閃電的千里馬？「唯有廣平公」，只有廣平公能夠駕馭。這兩句突出人。突出馬，在於突出人，把廣平公放在結尾處，正是畫龍點睛之筆，足見其勇武非凡，氣概超群。

此詩運用襯托，在於以馬襯人。表現人的神武超群、勇健威猛，北方樂府民歌的特色，表露無遺。

(5)東山看西水，水流盤石間。
　公死姥更嫁，孤兒甚可憐。

首兩句起興。與末兩句所表達的內容，有著十分密切的關聯。「東山」在東，「西水」在西，兩個相反的方向，象徵著不同所在。「水流」示動，「盤石」示靜，一去一留，象徵著不同歸宿。因此，自然引出「公死姥更嫁，孤兒甚可憐」兩句。

父死母嫁，孤兒與母親分離，就是一東一西，一去一留。

這個孤兒將歸宿何處？將如何生活？這裡揭示當時一個嚴重的社會問題，留給讀者去思考；北方戰亂不已，男子大量死亡，這豈不是「公死」的原因？孤兒寡母無法生活，這豈不是「姥更嫁」的原因？母親再嫁而新丈夫不要前夫之子，這豈不是「孤兒甚可憐」的原因？細思起來，詩人深深感歎離亂的破碎家庭，故作詩詠之。

末兩句，看似直露，包含著極為豐富的時代精神，社會現象。讀之，豈不令人感慨唏噓。

2.紫騮馬　民歌

⑴燒火燒野田，野鴨飛上天。
童男娶寡婦，壯女笑殺人。

潘重規：「此數曲，皆歌戰爭死傷之感。幼童娶壯婦，亦以戰爭男丁多死亡之故。」北朝的歷史，可以說是與戰爭相始終的。各族爭地盤的戰爭，北方漢族反抗異族入侵的戰爭，相互交錯，連接不斷；此二詩即從不同角度反映當時社會生活的一個側面。

此詩首兩句起興，末兩句為主題。詩意以為未婚的年青男子娶了寡婦為妻，到了壯年的姑娘嫁不出去，反被人嘲笑。這裡，透露了社會的反常，寡婦特多，女子到了壯年仍找不到對象婆家。而造成此種現象的直接原因，便是戰爭。詩歌深刻反映殘酷的戰爭給人們帶來的沉重災難。

首兩句比喻天下一片混亂，社會一片荒涼的現象，末兩句興起因戰爭而出現的社會問題與現象。「壯女」指適婚年齡的女子，「寡婦」被戰爭奪取了丈夫；「壯女」被戰爭奪了擇偶對象，因嫁不出去反被嘲笑。表現戰爭對人類的毀滅。

「笑殺人」一詞，用得極好，關係全詩，「笑殺人」即笑煞人，並非詩人對壯女的開心嘲笑，而只能是一種含相當同情的苦笑，同時又反映嫁不出去的「壯女」們的痛苦心聲。可見戰爭的殘酷與無人性，令人喜愛和平，與〈戰城南〉的非戰思想，是雷同的。

⑵高高山頭樹，風吹葉落去。
　一去數千里，何當還故處。

此詩通篇採用比興手法，表現遊子背井離鄉，遠離故土，懷念舊居的主題。當時北方戰爭連年，士卒遠征，民眾被迫流離失所，此詩可能是在這個時代社會背景下產生的。

整首詩以「風吹葉落」，形象比喻遊子離鄉。最後以「何當還故處」點明葉落歸根，遊子思鄉的情結。整首詩運用比興，涵蓋蘊藉地表現詩的主題。而「一去數千里」表明遊子遠征，離鄉越來越遠，加強也深化了思鄉的情懷。

北朝民歌豪放直率，然而，也有運用藝術手法表現複雜感情的詩，此兩首即是，第一首運用對比手法，以「童男娶寡婦」對比「壯女笑殺人」，充分顯示寡婦之多和壯女之眾的社會畸形現象。第二首通篇採用比興，從風吹葉落，一去千里無歸處的全過程，來象徵人們的被迫流離。雖然，無一字一句提到當時的社會情景與作歌者的心情，然而，一切盡在不言中。

3.地驅樂歌辭

⑴驅羊入谷，白羊在前，
　老女不嫁，蹋地喚天。

〈地驅樂歌辭〉都是以四言形式表現，此詩寫老處女不嫁，心靈空虛寂寞的心情，淋漓盡致的表現出來。首兩句以女子趕羊為生，在青青草原上，趕羊到山谷中吃草，而用一「白」字，寫出女子生命空白的惆悵。這兩句是敘事。

接著用很質樸、深刻的表現手法，首先點明女子是老處女沒有嫁，含蓄地說明感情的錯過，及時間的錯過，最教人傷逝。但是，失去的已然失去，只好向天地呼喊，表明一腔的熱情和哀傷。「蹋地喚天」，形象生動感人，加強了質樸的韻味與深厚的情感。

(2)側側力力，念君無極。
枕郎左臂，隨郎轉側。

此詩寫女子和情人離別時殷切的盼望與情人再相會與思念之情。「側側力力」是歎息聲，詩以連聲歎息開篇；起了先聲奪人的作用，令人感受到女子因思念所產生的無處發洩的真摯感情。接著寫歎息的原因，用思念情人之相思，無窮無盡，這四個字將女子真切的感情全盤托出。

末兩句因思念而引起想像，想像與情人歡會的情景；即枕臥情人的臂彎裡，隨著情人左右轉來轉去。表現女子對愛情與幸福的熱烈嚮往和追求。詩意纏綿、文字坦率真誠，想像瑰奇。

(3)摩捋郎鬢，看郎顏色；
郎不念女，不可與力。

如果以兩兩相對的情詩來看，這二首正是一應一答的情詩。寫女子與情郎再相見的情景，「摩捋」即撫摸、玩弄。「顏色」指臉色、神情。首兩句表現十分傳神而含義豐富的細節。令人想像情人歡會的情景，女子很親熱地撫摸著情人的鬍鬚，女子並不是沉醉在愛戀中失去理性的人，她在親熱時，會很微妙地仔細觀察情人的表情。是真愛我嗎？還是在敷衍我？首兩句寫情人歡會的愉悅與女子微妙的心理，十分傳神，涵義豐富。

末兩句寫女子態度的變化。經過仔細觀察後，女子感受到情人的不專與不細膩和粗暴，女子表現出北方人的豪邁、痛快，倔強和無奈。愛是要受尊重的、是平等的、是自由的、由內心發出的心甘情願的、不可虛偽欺騙的；所以女子說：情人如果心不在女子的身上（情人如果不思念我），我也不願意去勉強他。「不可與力」即不可以力；不可以力，言不可以力勉強之。

〈地驅樂歌辭〉是北朝樂府民歌，和文人之作不同；十分質樸，不用華麗的色彩去藻飾，通篇也不用比興，正因為語質，更顯情真，也更動人。這二首情歌，表現四言北方愛情詩，北方雖尚武，而兒女之情本是天性，此是北方樂府中難得的思念情人的詩，想像豐富也將北方女子對愛情的態度和看法，表達得十分細膩、真摯、動人；表達方式直接，不同於南方的委曲婉轉。

4.捉搦歌

捉搦，猶言抓拿，含有男女相戲中捕獲對方愛情的意思。此四首全是男子的唱詞，借以表達男子對女子的熱情追求。

⑴粟穀難舂付石臼，弊衣難護付巧婦。
　男兒千凶飽人手，老女不嫁只生口。

此詩男子以幽默調笑的情趣，規勸女子早日出嫁，千萬不要錯過婚期。首兩句以「舂穀」起興，意在提醒姑娘們，「粟穀難舂」，需要「石臼」，才能舂出上好的米粒。而「弊衣難護」，同樣要由「巧婦」去縫，否則那是配合不成的。

末兩句採用對比手法，意在進一步警示姑娘們，男子縱有千種不好，但是，他們畢竟是生產勞動的主力軍，養家餬口的支柱；而姑娘們一旦錯過青春，老而不嫁，那在家庭中是不堪設想的。詩人以「生口」來比喻姑娘老而不嫁的悲劇。所謂「生口」是古代戰爭中的「俘虜」的代名詞，那就變成奴隸，任人宰割。所以男子對女子的一片愛心，對姑娘們催嫁之意多麼直率而真誠，令人感動。

⑵誰家女子能行步，反著裌禪後裙露。
　天生男女共一處，願得兩箇成翁嫗。

首兩句透過男子的觀感，描繪姑娘的步姿和衣著。上身「反著裌禪」，下身「後裙」外露，步姿輕盈而舒緩，男子油然而生追慕情思。

末兩句「天生男女共一處，願得兩箇成翁嫗。」即是這種追慕之情的表白，表白直截了當，毫不遮掩，毫不扭捏，真是「願得一心人，白頭不相離。」上天使男女共生一處，得到愛情的滿足，所以「兩箇成翁嫗」。

⑶華陽山頭百丈井，下有流水徹骨冷，

可憐女子能照影，不見其餘見斜領。

「華陽」在今陝西華陽縣東南，此詩寫男子對女子的讚美。首兩句敘事，寫在高高的山頂上，有一口百丈深的井水，井水下有寒徹骨的流水。這一上一下的描寫，足以顯示北方生活環境艱苦。正是由寫井而自然引出汲水女子這一幅畫面，它以九曲羊腸的華陽山為背景，下有潺潺泉流，上有百尺深井，井口有一位可愛的女子正在汲水。

末兩句寫汲水的女子，因站在井口，汲水時只能望見頭部到衣領為止。這幅畫動中有靜，動靜結合，給人眼目可感的形象。「憐」愛的意思，可愛的汲水女子，借井水孤芳自賞（照影），而其楚楚動人，不言而喻，只見斜斜衣領，加深讀者對女子美感的想像力，也見出孤寂之感。

⑷黃桑柘屐蒲子履，中央有絲兩頭繫。

小時憐母大憐婿，何不早嫁論家計。

此詩寫女子盼望出嫁的心情。首兩句以木屐和草鞋作比興，真是別出心裁，獨開生面。「黃桑柘」常綠灌木，質底堅硬，皮可以染黃色，以此做屐，結實耐用，可以登山。「蒲」為草名，以韌性出名，用它做鞋，柔軟輕便。這兩種鞋子都需要用「絲」來繫在腳上，才能發揮其功能。絲諧意思，詩人以如此妙趣橫生的比興，來引起詩意、詩旨。

末兩句承前兩句，寫女子因思成家之心切，故很坦率地自白，小時候愛母親，長大了自然愛情人（或丈夫），

「憐」愛，「婿」指情人或丈夫；因而，有最後一句「何不早嫁論家計」，成家立業的思想。

5.折楊柳歌辭

(1)上馬不捉鞭，反折楊柳枝。
　蹀座吹長笛，愁殺行客兒。

《宋書・五行志》：「晉太康末，京洛為『折楊柳』之歌，其曲有兵革苦辛之辭。」〈折楊柳歌辭〉五首所寫內容最為豐富，不僅限於反映北朝戰爭。此詩寫離別，寫得頗具特色。行客上馬指揚鞭催馬，而且反折楊柳枝。以「捉」、「折」的人物動作的描寫，使作品表現行客離別的習俗和心理動態。折柳贈別的古老風俗，「柳」諧音「留」，折柳即為留客之意。行客折柳表現惜別之意。

末兩句對行客心理進一步描寫。「蹀」行，指行人。「座」同坐，此指坐者。「碟座吹長笛」指行者和坐者都吹著長笛。寫送別場面。由送別而自然引出下一句「愁」字。悠揚的笛聲，引起行客愁思。由惜別，到相送，再至愁苦，以至愁殺，但終不掉淚，表現北朝民歌豪放爽朗、慷慨激昂的特點。對後世文人產生重大影響。

(2)腹中愁不樂，願作郎馬鞭。
　出入擐郎臂，碟座郎膝邊。

此詩寫女子運用想像，來排遣與情人分別的腹中愁。首先寫因與情人分離，心裡總是哀哀怨怨，高興不起來。即「腹中愁不樂」，但是，物極必反，既然有深深的哀愁不能排遣；因而，就有第二句豐富的想像，希望化作情人的馬鞭。

末兩句承前二句，為何要化作情人的馬鞭？因為可以隨情人進進出出，繞在情人的臂彎裡；「出入擐郎臂」。這個想像新鮮又樸素。最後說不僅出入可以不離開情人的身邊，而且，進一步加強，還可以「蹀座郎膝邊」，「蹀」音貼，「蹀座」即安坐，也就是說還可以隨情人安坐在他的膝蓋邊。那真是形影不離，如此，豐富而新穎的想像，深刻地表達女子對情人深深的思念和願望比翼而飛的期盼。

此詩熱情洋溢不輸南朝女子，而用語直截豪爽又不失北朝樂府民歌的風範。直抒胸臆，既有想像的含蓄之美，又有北方一寫無遺，毫不隱晦的特色。既陽剛又陰柔，給人無以倫比的真摯動人的美感享受。

(3)遙看孟津河，楊柳鬱婆娑。
我是虜家兒，不解漢兒歌。

此詩由兩個方面寫起，一是視覺，為遠眺，即極目遠看。「孟津」今河南孟縣南，今名河陽度，在黃河邊上。意思是遠遠的向孟津河的方向看；「鬱」蓊鬱、茂盛；「婆娑」在此指楊柳隨風搖曳起伏之姿。詩人著筆在「看」的自然景象。由楊柳的婀娜多姿，使人聯想到北方大地的蔥綠，和風習習，廣闊無垠的山川田野、北方草原。二是聽覺，為近聞，由末兩句我們可以想像，豪邁的北方男兒、聽到漢族

（漢兒）的歌聲，「胡家兒」指胡人，北方男兒。整首詩由遠看到近聞，非常直接豪邁地，自白北方草原蓊鬱、遼闊無邊，楊柳在河邊隨風擺動，一幅北方的風景圖，歷歷在目。接著縮短場景鏡頭，由遠而近，寫近聽漢家歌謠，北方男兒，很豪邁地自白，我是北方男兒，不了解漢家的歌謠。

⑷健兒須快馬，快馬須健兒。
　蹕跋黃塵下，然後別雄雌。

此詩寫人與馬，人馬相配。同時還顯示北方男兒的勇武精神，人是輕捷矯健的男兒；馬為千里馬。意思是健壯的男兒必須騎上千里快馬，才能顯出威風；千里快馬也須勇捷的人騎，才見出其無比快捷的馳騁能力。以上首兩句質樸爽快，把北方的尚武愛馬的心情，描繪得淋漓盡致。

末兩句寫結果，「蹕跋」雙聲，疾馳。「別」分辨，「雄雌」勝負、高下。北方男兒的勇健尚武、愛馬馳騁的豪邁精神，在這兩句很自然地顯現出來。大陸學者認為表現男兒輕騎陷陣，以少敵眾，所向披靡的情景。此詩重點似不在此，當為表現北方男兒豪邁、剛健、明快、俐落的陽剛美。

此詩快人快馬，正是北方民族豪爽、勇武的性格表徵。

6. 敕勒歌　民歌

敕勒川，陰山下，
天似穹廬，籠蓋四野，

天蒼蒼、野茫茫，
風吹草低見牛羊。

這是一首在文學史上，享有崇高地位的北朝樂府民歌。詩描寫北方草原的遊牧生活，首四句描寫靜態美，末三句描寫動態美，一動一靜，彷彿一幅活生生的寫生畫卷，呈現在我們眼前。

全篇句式變化多端，三三四四三三七，讀來開朗、鏗鏘，最後由長句收尾，有動態（風吹草低），有靜感（見牛羊）。直將一幅北方的遊牧生活圖，寫得栩栩如生、精彩絕倫；因而也成為千古絕唱，為代表北方民族生活的圭臬，自然樸實、詩中有畫、畫中有詩。

首先寫地點：敕勒川陰山下的一群遊牧民族，接著寫大地山川風物，天像蒙古包，籠罩整個大草原；末三句由靜而動，寫如入畫中，草原（天）雄渾遼闊無邊；田野（地）蒼茫，動而有立體感，風吹（動）草低（靜）見牛羊，水草野牧，一片情趣。所以，山、川、天野、穹廬的靜態與起伏的草和牛羊的動態，相映成趣。跌宕多姿、餘音繞樑，使人無論思想上或藝術上都達到完美的境界。

整首詩表現大自然的壯闊畫面，令人想像力連篇，別饒情趣，令人激賞，這也是千古傳唱不衰的原因吧！

五、唐詩

(一)初唐：

1.蟬　虞世南　唐書法家、無真品傳世

垂緌飲清露，流響出疏桐。
居高聲自遠，非是藉秋風。

賞析：

「緌」：是古人結在頷下的帽帶下垂部分。蟬的頭部有伸出的觸鬚，形狀好像下垂的冠纓，故說「垂緌」。

古人認為蟬生性高潔，棲高飲露，故說：「飲清露」。

第一句表面上是寫蟬的形狀和食性，實際上處處含比興象徵；「垂緌」暗示顯赫、貴宦身份；第一句將貴冑的身

份、地位和清高的品格統一出來，為三、四句的清高作反鋪墊，筆意巧妙。

次句寫蟬聲之遠傳，梧桐是高樹，著一「疏」字，更見枝幹的高挺、清拔，與末句秋風相呼應。「流響」表現蟬聲的長鳴不止，悅耳動聽，著一「出」字，把蟬聲傳送的意態，形象化了。使人感受到蟬聲的響度與力度。這一句雖只寫聲，但讀者卻可從中想見人格化了的蟬，那種清華雋朗的高標逸韻。有了這一句對蟬聲遠傳的生動描寫，三、四兩句的發揮才句句有根。

三、四兩句畫龍點睛，蟬聲遠傳不是借秋風的傳送，而是在高處，自能致遠，表現立身品格高潔的人，不需要外在的憑藉（比如：權勢地位，有力者的幫助。），自能聲名遠播（暗示只要有才華、有能力，品格高清、肯努力，自然實至名歸。），強調人格的美、人格的力量，反映作者的自信和對高清品格的讚美，表現出一種雍容不迫的風度氣韻。這首托意寓意的小詩，是唐人詠蟬詩中時代最早的一首，很為後世人稱道。

翻譯：

蟬鬚垂下好像冠纓，吸飲著清新的露水。
蟬聲從高疏的梧桐樹上傳送出來；
蟬居高處，蟬聲自能傳佈很遠，
並不需要借秋風來傳送。

2.秋夜喜遇王處士　王績

北場芸藿罷，東皐刈黍歸。
相逢秋月滿，更值夜螢飛。

賞析：

王績詩風樸素自然，這是一首描寫生活情趣的小詩。

首兩句寫農事活動歸來。「北場」指屋北的場圃。「東皐」指家東的田野。「東皐」暗用陶淵明「歸去來辭」：「登東皐以舒嘯」的詩句，點明歸隱躬耕的意志。

「芸藿」即耕藿，即鋤豆；「刈黍」即割黍。都是秋天的農事活動。表現詩人對田園生活的自然情趣。

三、四兩句描寫整個村莊和田野籠罩在一片明月的清輝之中，顯得格外靜謐、安閑、和諧，又穿梭飛舞的秋螢，帶來動的美感，使整首詩活潑、流動、充滿生意，反襯首兩句的秋夜山村的寧靜安恬，而在此中，不言「喜」而用「相逢」兩字破「喜遇」之題旨，躬耕回家得遇同為鄰居的朋友——王處士，真是喜出望外，不言而喻。

詩中對兩人相遇的場面，沒有作任何正面描寫，又無一筆寫「喜」字，卻首兩句的敘述中，配合視覺美感的「秋月滿」和「夜螢飛」，兩位共對如此良夜幽景的朋友，心境與環境契合無間的舒適安恬，別有會心的微笑和得意忘言的情景，鮮明呈現讀者的眼前。

翻譯：

屋北的場圃鋤豆罷了，在屋東的田野割黍回來。

和王處士相遇在滿月的秋夜，更看到秋螢在秋夜下，到處飛舞。

3.入朝洛堤步月　上官儀

脈脈廣川流，驅馬歷長洲。

鵲飛山月曙，蟬噪野風秋。

賞析：

這首詩被時人稱為「音韻清亮」、「望之猶神仙焉」。此詩寫他在東都洛陽皇城外，等候入宮朝見時的情境。

詩的前二句寫驅馬沿洛堤來到皇城外等候，廣川指洛水，長洲指洛堤。首句以洛水即景起興，謂洛水含情不語的流著，以男女喻君臣，暗示皇帝對自己的信任，流露著承恩得意的神氣。因而，接著寫驅馬洛堤，用一個「歷」字，表現出心意悠然、鎮定自若的風度。

後二句，即景抒情。謂曙光已見，鵲飛報喜，見出天下太平景象，又流露自己執政治世的氣魄。末句寫秋意，表現在野失意者的不平之鳴，為這太平盛世帶來噪音，得意與失意對比，更烘托出上官儀的太平治世的風範。

翻譯：

洛水含情不語的流著，我騎著馬走過洛堤；
曙光已見，鵲飛報喜，天下太平；
而失意的寒士如秋蟬在秋風中聒噪。

4.送杜少府之任蜀川　王勃

城闕輔三秦，風煙望五津；
與君離別意，同是宦遊人。
海內存知己，天涯若比鄰，
無為在歧路，兒女共霑巾。

賞析：

首聯用地名對仗，極壯闊、極精整。第一句寫長安的城垣，宮闕被遼闊的三秦之地所拱衛、氣勢雄偉，點送別之地。

第二句五津指岷江的五大渡口，泛指蜀川，點杜少甫即將宦遊之地。而風煙、望把相隔千里的秦、蜀兩地，連在一起。自長安遙望蜀川，視線為迷濛的風煙所遮，微露傷別之意。

次聯以口語承之，文情跌宕；「與君離別意」承首聯寫惜別之感。

第三聯推開一步，奇峰突起，寫同為知己，雖離別亦如比鄰，為千古名句。

尾聯緊接三聯，以勸慰杜少府作結。「在歧路」點出題面上的送字，「歧路」岔路，古人送行，常至大路分岔處分手。

翻譯：

長安城被遼闊的三秦之地拱衛著，

在迷濛的風煙中遠望岷江的五大渡口；

和您分別的情意，想到我們都同樣是在宦海中浮沉的人；

這次的客中之別又何必感傷？祇要彼此了解，心心想連，那麼即使一在天涯，一在海角，感情交流，不就如比鄰一樣近嗎？

可不要像小兒女一樣，在臨別時哭泣。

5.從軍行　楊炯

烽火照西京，心中自不平，

牙璋辭鳳闕，鐵騎繞龍城；

雪暗凋旗畫，風多雜鼓聲；

寧為百夫長，勝作一書生。

賞析：

此詩描寫一個讀書士子從軍邊塞戰鬥的全部過程，揭出人物的心理活動，渲染了環境氣氛，筆力極其雄勁。

前兩句寫傳來邊報，激起志士的愛國熱情。

第三句寫軍隊辭京出師的情景。牙璋是皇帝調兵的符信，鳳闕指皇宮，用此表現典雅、穩重。顯示出師場面的隆重和莊嚴。

第四句寫唐軍已迅速地到達前線，並把敵方城堡包圍。「鐵騎、龍城」相對，渲染出龍爭虎鬥的戰爭氣氛。用一「繞」字寫出唐軍包圍敵人的軍事態勢。

五、六句寫戰鬥，詩人並沒有正面描寫，而是通過景物進行烘托，前句用視覺美感，後句由聽覺著筆，兩句有聲有色，表現出征將士無畏精神與奮勇殺敵的悲壯激烈場面。

最後兩句，直接抒發從戎書生、保衛國土的豪情壯志。

翻譯：

戰火照亮了長安城，書生心中為國不安；

軍隊離開了長安，唐軍的騎兵包圍敵人的城堡；

大雪瀰漫、遮天蔽日，使軍旗的彩畫顯得黯然失色，狂風呼嘯與雄壯進軍的鼓聲交織在一起；寧願馳騁沙場作一名戰士，也不願作置身書齋的書生。

6.渡漢江　宋之問

嶺外音書斷，經冬復歷春；

近鄉情更怯，不敢問來人。

賞析：

前兩句追敘貶居嶺南的情況，用「音書斷」點貶居的孤獨和思家的情懷。「經冬復歷春」點時間。

末兩句寫渡過漢江，快接近家鄉的複雜的情感。「怯」表現心喜微微不安貌，因為「怯」而「不敢」向故鄉來的人叩問。

此詩是成語「近鄉情怯」成語的出處。

翻譯：

貶居嶺南，家書斷絕；

如此一年又一年的過去；

回到家鄉，快接近家了，感懷卻膽怯了；

遇到由家鄉來的人也不敢開口問家鄉的情事。

7.登幽州臺歌　陳子昂

前不見古人，後不見來者；
念天地之悠悠，獨愴然而涕下。

賞析：

此詩為傳世名作，「古人」指古代能禮賢下士的賢明君主，「來者」寫後代賢君。

首兩句寫俯仰古今，寫時間綿長。

第三句登樓眺望，寫空間遼闊。

末句感慨甚深，不禁淚下，氣氛蒼涼悲壯。句式句法採長短參錯不齊。音節急促或舒徐流暢交互錯雜。

全詩前後句法長短不齊，音節抑揚變化，互相配合，增強藝術感動力。

翻譯：

往前遇不到古代禮賢下士的明君，
往後也見不著後代的賢君；
感慨天地如此廣袤遼闊，
只有在幽州臺上悲愴掉淚。

8.春夜別友人　陳子昂

銀燭吐青烟，金樽對綺筵，
離堂思琴瑟，別路繞山川。
明月隱高樹，長河沒曉天；
悠悠洛陽道，此會在何年？

賞析：

此詩寫別離將盡，分別在即的撩人心緒和寂靜狀態，情懷真摯。

首句用一「吐」字，寫離人相對無言，月光只凝視銀燭的青烟出神。

次句用一「對」字，表現面對華筵，只有頻舉酒杯，對友人更盡一杯酒，再也無言，寫沉靜中別意深沉。

三、四句寫纏綿的離情，「琴瑟」指與朋友宴會之樂；「山川」表示離別之路途遙遠。寫「離堂」把臂，傷琴瑟之分離，「別路」遙迢，恨「山川」之繚繞。

五、六兩句承上，寫把臂送行，從室內轉到戶外所見。以「明月」、「長河」表時空，寫時空催人離別。

結尾兩句，寫月夜送友人，沿著幽幽古道，不知何年何月，再能相聚的感懷。用一「何」字，表離人之間的隱隱意思。

此詩在沉靜中見深摯情懷，不�章不火，從容合度，氣象雍雅。

翻譯：

要離別的友人，靜靜出神地看著銀燭吐出青烟；
坐在華筵前頻頻勸酒；
離別的廳堂上，思念我倆的友情，
分別的路途像山川那樣繚繞廣袤遙遠。
送您出戶外，高高的樹蔭遮蔽明亮的月光，
耿耿的長河掩沒在破曉的曙光中；
在長長的洛陽古道上，我們何年何月還能再相逢？

9.詠柳　賀知章

碧玉妝成一樹高，萬條垂下綠絲絛；
不知細葉誰裁出，二月春風似剪刀。

賞析：

此為詠物詩，描寫早春二月的楊柳。特重柳枝長披拂的形象美。

首兩句擬人化，以美人喻柳。首句用「碧玉」點柳的翠綠晶瑩，用一「高」字，襯托出美人婷婷裊裊的風姿；次句用一「垂」字，暗示像「碧玉」般的「垂」柳，在風中擺動；神靈活現地寫活了垂柳。以上是視覺的美感。

末兩句用反詰語，寫春天垂柳千條萬縷的生生不息、盎然的生意；第三句用一「細」字寫春柳的嫩綠，第四句用「春風」比喻為剪裁垂柳的「剪刀」，回應第三句的設問，調也清新、活潑、風趣，比喻更見巧思、新穎。「絛」以垂柳比喻美人的裙帶。整首詩寫出二月初春，楊柳長出嫩綠的新葉，絲絲下垂，在春風吹拂中，顯出迷人的意態。意境美、感受生意不息，活潑的美感，是一首絕妙生動的詠物詩。

翻譯：

碧玉般的柳葉，點化茂盛的高高柳樹，
千條萬縷下垂的柳絲在春風中吹拂；
不知是誰剪裁出這柳枝的細葉？
怕是二月的春風像剪刀般裁出的吧？

10. 回鄉偶書其一　賀知章

少小離家老大回，鄉音無改鬢毛衰；
兒童相見不相識，笑問客從何處來？

賞析：

此詩寫客居在外時光很長很久，等到有機會回家鄉人已老，連小孩都不認識了；抒寫久客傷老之情，平述中帶笑嘲弄、無奈，弦外之音令人迴思不已。

首句敘事，寫自小離家，到老了才回家鄉的事實；次句寫自己的口音還保留不變的鄉音，可是人卻老了，鬢髮已白、已脫落；由寫實的敘述中，令人感受作者的激動心情與感慨。

第三句寫回家鄉了、口音沒變，而人已變，連小孩都不相識的情態，是感歎？是無奈？作者只述不言，令讀者細思。

最後一句，用一「笑」字，再用一「問」字，寫人已到家鄉而不認得的孩童，反而嬉笑地問自己，「客人」您從什麼地方來的呢？一種悲懷與無奈和感慨與作者對故鄉的深情、念念不忘、思葉落歸根的惆悵；不言而喻，自然表現。

全詩在兒童的笑問而作者無言以答的尷尬中作結，悄然無聲，弦外之音卻發人省思。

是一首自然、樸實的佳作。

翻譯：

年輕時離開故鄉，到年紀大了才回家；
家鄉話沒變，可是鬢髮卻都白了；
小孩子看到我，已經不認識我了；
還笑著問我，您從什麼地方來的？

11.感遇十二首其一　張九齡

蘭葉春葳蕤，桂華秋皎潔；
欣欣此生意，自爾為佳節；
誰知林棲者，聞風坐相悅；
草木有本心，何求美人折？

賞析：

張九齡感遇詩十二首，樸素遒勁，寄慨遙深；這是第一首，以比興手法，抒發詩人孤芳自賞，不求人知的情感。

首兩句以兩種高雅的植物——春蘭和秋桂相對，表現詩人自喻，如蘭之茂盛紛披，具無限生機；如桂花之皎明潔淨、清雅可人。

第三句再統合言之，蘭桂都表現出欣欣向榮的生命活力；第四句再分開說：「各自成為春秋兩季的特性，各自榮發而不媚，皆不求人知的品質，為下文作伏筆。

第五句寫有誰人知道隱遁山林的高士，如何呢？因「聞」「風」而深深地，下一「坐」字，表示傾慕、愛慕之深，對蘭桂相對並因聞到蘭桂之芬芳而自喜。

最後，詩人以比喻作結，以簡單桂氣自有高雅的本質，何須「美人」——隱逸之士的攀折？這兩句點出主旨，為全篇詩眼，也是詩人自表，為詠物詩中最深刻，以蘭桂表現「高潔」的德行的生活哲理；詩的美感，一筆托出。

翻譯：

春蘭茂盛而紛披，秋桂皎明潔淨；

毋論春蘭、毋論秋桂，全表現欣欣向榮的生命活力；各自適應適當的季節，顯示它們的特性。

那裡知道隱逸之士，聞到蘭桂的芬芳，深深地愛慕著。

蘭桂各自有它的本性，那裡需要隱逸之士來攀折呢？

12. 望月懷遠　張九齡

海上生明月，天涯共此時。
情人怨遙夜，竟夕起相思。
滅燭憐光滿，披衣覺露滋。
不堪盈手贈，還寢夢佳期。

賞析：

這是一首月夜懷念遠人的詩。起句意境雄渾闊大，是千古佳句，表現一種高華渾融的氣象，點明題中的望月。

第二句由景入情，轉入懷遠。這兩句把詩題的情景，栩栩如生的扣題，又毫不費力、自然而然表現作者作古詩，渾成自然的風格。

第三、四句以漫漫長夜，因思念情人也想像情人也在思念我（相思），故整晚（竟夕）不能睡，用「起」字表明，因相思而不能相見，故用一「怨」字點明。有「情人」故有「相思」；有「遙夜」，故有「竟」夕；兩兩相呼應，趣味橫生。三、四兩句寫「懷遠」。這是流水對，使詩句讀來自然流暢，具古詩氣韻，一氣呵成。

第五、六兩句細巧地描述深夜對月不眠的實情實景；「憐」愛，「光」月光，「滿」寫月光充滿屋子，呼應第四句的「起」字，所以第六句用「披衣」起坐，感受到露水滋生，把「遙夜」、「竟夕」的精神，表現完足。

最後兩句構思奇妙，意境幽清，表現深摯情感和切身體會；詩至此戛然而止。上句寫滿手月華卻不能持贈情人；所以，只好無奈地，再回屋就寢，希望能在夢中，得知與情人再相會的「佳期」。餘韻裊裊，令人回味不已。

翻譯：

海中昇起一輪皎潔的月光，遠在天涯的情人與我同時望月懷念，

情人與我一起埋怨這漫漫長夜，整晚撩撥起相思的情懷；

思念不止，起身滅掉燭光，憐惜著滿滿的月華，披衣出外，望月思念，只覺得露水濕潤了身上的衣裳；

相思不眠有何可贈，只有滿手的月光，飽含我滿腔心意；但是又怎麼贈送給您？還是回房睡覺，也許在夢中還能與您歡聚。

13.賦得自君之出矣　張九齡

自君之出矣，不復理殘機。

思君如滿月，夜夜減清輝。

賞析：

自君之出矣是樂府詩雜曲歌辭名，賦得是一種詩體。首句表明時間，是在良人離家遠行而未歸時。次句敘述空間狀態，寫良人未歸，女子無心上機織布。用一「殘」字，吳良人離家甚久，連織機都殘破了。

三、四句，以「滿月」比喻女子「思君」的深摯情懷。最後，月華隨著日日的相思而興起遊人的感歎，「減少月華清新的光輝。」含蓄婉轉、真摯動人、比喻美妙慰貼，想像新穎獨特，饒富新意，給人鮮明的美的感受。

全詩清新可愛，充滿濃郁的生活氣息。

翻譯：

自從良人出門遠行，我就不再上機織布，整理殘破的織機；

想念良人的心思恍如那團團的圓月，

一夜夜減輕它清新的光輝。

(二)盛唐：

14.過故人莊　孟浩然

故人具雞黍，邀我至田家。
綠樹村邊合，青山郭外斜。
開軒面場圃，把酒話桑麻。
待到重陽日，還來就菊花。

賞析：

孟浩然為田園詩人之一，喜用淡淡語彙，包涵深厚內涵，令人咀嚼韻味十足。

首兩句記事，用字簡潔不落客套，表示兩人是至交。以雞黍相邀，突出田家風味，見待客之簡樸，這兩句開筆自然平實。

接著兩句寫進入村子，所見之景，感受清新愉悅。上句寫近景，下句寫遠景，一別有天地、自成一景，一以「青山」點大自然之景，顯現開闊遠景。意境清淡幽靜。

接著由景轉情，寫與至交臨窗舉杯交談，寫在屋裡之情，卻用「開軒」一動作，將一、二外在之景與內在之情，融合為一，給人心曠神怡之感。至此，一幅優美寧靜的田園風景圖，浮上讀者心頭。

最後，寫作者為田園生活所吸引，臨別，依依不捨對至友說將在秋高氣爽的重陽節，還要來賞菊花，一片率真坦蕩，直抒胸臆。

翻譯：

老朋友準備好雞和飯，邀請我到他的田莊。

村莊邊，綠樹環抱，城外，青山依依相伴。

打開窗，面對打穀場和菜圃；拿起酒杯在室內閒話農事。

等到重陽節，我還要來賞菊花。

15. 春曉　孟浩然

春眠不覺曉，處處聞啼鳥；
夜來風雨聲，花落知多少。

賞析：

這是一首如行雲流水，平易自然、悠遠深厚、獨臻妙境的詩。具有悠美的韻致，行文起伏跌宕，詩味醇永；詩人要表現他喜愛春天的感情，卻又不說盡、不說透，讓讀者去捉摸、去猜想，表現隱秀、曲折、含蓄的美感。

首先寫情，詩人選取清晨睡起時，剎那間的感情片段進行描寫，次寫景，選取春天的一個側面，由聽覺角度著筆，寫春之聲，那處處啼鳥，那瀟瀟風雨，鳥聲婉轉，悅耳動聽，是美的；加上「處處」兩字，啁啾起落、遠近應和、令人有應接不暇之感。

最後寫春夜，春風春雨、紛紛灑灑、令人產生淒迷意境和微雨後，清新感受和意象。表現鶯囀花香的爛漫春光，把讀者引向大自然、啟發無限想像力。用春聲渲染戶外春意鬧的美好風光，景物活潑跳躍、生機勃勃，表現詩人對大自然的喜愛和內心的喜悅。

此外，由聽覺形象、由陣陣春聲，把人引出屋外，讓人想像，並且，只用淡淡幾筆，就寫出「晴方好」、「雨亦奇」（用北宋大文豪蘇東坡詩句）的繁盛春意，筆力曲屈通幽、迴環波折。

首句破題，寫春睡的香甜，也流露對朝陽明媚的喜愛；次句即景，寫悅耳的春聲，也交代了醒來的原因；第三句轉寫夜間灑灑、紛紛的風雨聲，點出也和一、二句相呼應，末句回到眼前，由喜春翻為惜春，令人興味無窮，迴環不已。

16. 渭川田家　王維

斜光照墟落，窮巷牛羊歸。
野老念牧童，倚杖候荊扉。
雉雊麥苗秀，蠶眠桑葉稀。
田夫荷鋤立，相見語依依。
即此羨閑逸，悵然吟式微。

賞析：

王維盛唐三大詩人之一，號稱詩佛，與詩聖杜甫，詩仙李白鼎立。此詩描寫田家生活的質樸深厚的情與恬然自樂的田家晚歸圖，而油然而生羨慕之情。

詩的核心是「歸」，因而吟出田家樂圖。一開頭描寫夕陽斜照村落之景，給人暮色蒼茫濃烈氣氛，作為總背景，統攝全篇。接著描繪牛羊徐徐回村的情景，點「歸」字。「窮巷」深巷，言牛羊徐徐歸入深巷，詩人之喜愛田園生活之情，躍然紙上。

三、四、五、六句寫柴門外，一位慈祥的老人拄著拐杖，正迎候著放牧歸來的小孩，這一樸實散放泥土芬芳的深情，感染詩人分享牧童歸家的樂趣。在這黃昏時節，麥地野雞動情鳴叫，桑林上的桑葉所剩無幾，蠶兒開始吐絲作繭，田野上一切生命蠢蠢欲動；農夫們三三兩兩，扛著鋤頭下田歸來，在田間小道上偶然相遇，親切絮語，樂而忘歸。

這一片農村田野景色，令詩人感到欣羨，惆悵地吟誦「式微！式微！胡不歸。」以抒發詩人急欲歸隱田園心情，與首句相照映，情見歸隱之思，使寫景與抒情契合無間、渾然一體，畫龍點睛地揭示主題。全詩不事雕繪，純用白描，自然清新，詩意盎然。

翻譯：

夕陽照射村落，深深長巷，牛羊回來了；

老翁想念放牧的幼童，拄著拐杖在柴門外等候；

野雞在青翠麥田動情叫著，稀疏的桑葉上，蠶兒已經吐絲作繭；

農夫背著鋤頭回來，在路上彼此相遇，親切地話家常。

17. 山居秋暝　王維

空山新雨後，天氣晚來秋；
明月松間照，清泉石上流；
竹喧歸浣女，蓮動下漁舟；
隨意春芳歇，王孫自可留。

賞析：

此詩表現秋夜居住山野的詩人清新高潔的情懷，充滿詩情畫意。首兩句用「空山」一詞點出寂寂遼闊的山景，山雨初霽，萬物為之一新，又是初秋的傍晚，點出清新空氣，美妙景色。三句寫由視覺感受，天色已暝，皓月當空，青松如蓋；四句寫由聽覺看，山泉清冽、淙淙流瀉於山石之上，表現幽清明淨的山景泉聲；這兩句寫自然之美；月下青松，石上清泉，寫景如畫，隨意揮灑，毫不著力，以動人自然之筆力寫景物，動靜相參。三句寫靜景，四句寫動景。

第五句寫由視覺看，竹林傳來陣陣歌聲笑語，天真無邪的姑娘們洗罷衣服，笑逐著歸來。第六句寫由聽覺看，亭亭玉立的荷葉下，向兩旁分披，原來是順流而下的漁船劃破荷塘月色；第五句以一「喧」字寫熱鬧，第六句以一「下」字寫歸家漁人，顯現一幅住著無憂無慮的山村居民的生活圖景。三、四句寫景，五、六句寫人，表現情景交融之自然生活圖。

清泉、青松、翠竹、青蓮是詩人高尚情操的寫照，是詩人理想生活境界的環境烘托。最後，寫生活在如此美好清新的世外桃源，自在任意的芳春剛過，而在這秋夜下，「王孫」表示詩人願在此山中久留歸隱山林的心意。通篇比興，詩人通過對山水的描繪，寄慨言志，含蘊豐富，耐人尋味。

翻譯：

遼闊的山林寂靜空曠，剛剛下過雨，天氣是晚秋時分；

明亮的月色照著青翠的松林，清澈的泉水流過盤石；

竹林傳出喧鬧著的洗衣後要回家姑娘的笑語，荷葉在池塘中晃動，原來是順流而回來的漁夫；

自在隨意地在此山中生活，春天剛過；王孫公子自然可以留下歸隱山中。

18.終南別業　王維

中歲頗好道，晚家南山陲；
興來每獨往，勝事空自知；
行到水窮處，坐看雲起時；
偶然值林叟，談笑無還期。

賞析：

此詩寫詩人隱居輞川別墅自得其樂的閑適情趣。首兩句寫自己中年以後即信佛，晚年隱居在輞川別墅；三、四句寫隱居的閑情逸致，上一句獨往，寫出詩人勃勃興致；次句寫輞川別墅的山水美景只有詩人自知，點出詩人欣賞美景時的樂趣。

第五、六句寫自在樂觀，寫隨意在山中漫步，不知不覺地走到水流源頭，於是索性坐下來欣賞山嵐間的浮雲，用一「行」、一「到」、一「坐」、一「看」的描寫，明白顯示詩人悠閒自適的心境，正是詩中有畫。

最後兩句，突出「偶然」兩字，出遊賞自然美景，是偶然，遇樵夫也偶然，顯出心中的悠閒自由、天性淡逸，超然物外的意境。

翻譯：

中年喜歡學佛，晚年隱居輞川別墅；

興致一來，每每獨自出遊；輞川附近的山水美景，自然而來，只有詩人自己能體會；

走到洛水的盡頭，坐下來看山嵐間的白雲，悠悠浮動；

偶然遇到樵夫，和他談談笑笑，忘了回家。

*19.*積雨輞川莊作　王維

積雨空林煙火遲，蒸藜炊黍餉東菑。
漠漠水田飛白鷺，陰陰夏木囀黃鸝。
山中習靜觀朝槿，松下清齋折露葵。
野老與人爭席罷，海鷗何事更相疑。

賞析：

此詩描寫輞川恬靜優美的田園風光並結合詩人幽淡清雅的禪寂生活，情景交融。表現物我相愜的意境。首兩句寫連綿不停的雨季，天陰地濕，空氣潮潤、靜謐的叢林上空，炊煙裊裊，用一「遲」字，形容所見之景是慢慢的。山下農家正燒火做飯，婦女蒸藜炊黍，把飯菜準備好，提著送往在東面山頭田中耕種的家人吃。文字平易自然，一片田家樂。

三、四兩句寫自然景色；漠漠形容水田廣佈、視野蒼茫，陰陰狀夏木茂密、境界幽深，三句寫廣漠空濛、佈滿積水平疇上，白鷺翩翩起飛、意態閑靜瀟灑；四句寫遠近高低、蔚然深秀的密林中，黃鸝互相唱和、聲音甜美快活；雪白的白鷺、金黃的黃鸝，濃淡參差，色彩淡雅，一為動態，一為音樂的美感。達到畫意盎然、詩中有畫。

以上四句寫恬靜優美的田園風光。

最後兩句抒寫詩人淡泊、自然的心境；野老是詩人自謂，詩人自稱已與世無爭、要與海鷗相覷，有誰會為此做無端猜忌呢？這四句寫隱居山林的禪寂生活之樂；第五、六兩句詩人獨處空山之中，幽棲松林之下，參木槿而悟人生短暫，採露葵以供清齋素食。

整首詩詩風形象鮮明、興味深遠，表現詩人隱居山林，脫離塵俗的閑情逸致，是王維田園詩的代表作，意境深邃、風格超邁。

20. 田園樂七首其六　王維

桃紅復含宿雨，柳綠更帶春烟。

花落家僮未掃，鶯啼山客猶眠。

賞析：

此詩是體現蘇東坡言：王維詩中有畫，最富於畫意，構圖設色也非常講究的詩。首兩句「桃紅」、「柳綠」，「宿雨」、「朝烟」相對，「復含」、「更帶」對，對仗工巧，一句一景，互相呼應、渾成一體；三、四句「花落」對「鶯啼」，「家僮」對「山客」，「未掃」對「獨眠」，點活了人間生意盎然的意趣。

此詩鮮明的設色和細節的描繪，繪形繪色，有聲（音樂美）有色（顏色美）。充滿視覺和聽覺的效果。引人恍如進入一幅田園山水圖中，而領會全詩動靜相參、描繪出詩人溶入大自然美之中而忘機、忘我，恬然入睡；表現寧靜中的生趣，予人清新明朗的美感；也見出詩人由境生情、詩中有畫的藝術特點。

第一、二句展現一幅柳暗花明的圖景，景物鮮明怡目。第三、四句寫花落未掃，給人滿地落花的繽紛美感；末句寫鶯啼不驚人，山客（即詩人）尚在酣睡，帶出一股清幽意境，花落、鶯啼動靜有聲，但詩人睡得酣恬安穩，恍如置身境外，更襯托詩人獨處和心靈的寧靜，此詩對仗工緻，音韻鏗鏘，是詩中有畫的代表作，也表現王維詩的最高境界——靜美。

翻譯：

紅色的桃花含帶著昨夜的雨點，綠色的柳絲含著清晨的烟霞；

桃花掉落了，僮僕並未將花瓣掃除，滿地落紅繽紛；山巔柳樹黃鶯飛啼，但啼聲也驚不醒獨睡中的詩人；他猶自恬然靜睡。

21.送元二使安曲　王維

渭城朝雨浥輕塵，客舍青青柳色新；
勸君更盡一杯酒，西出陽關無故人。

賞析：

此詩又名「陽關三疊」，元二為王維姓元的朋友，安西即今新疆庫車；由此而知，詩題說明詩人送朋友去西北邊疆。渭城在渭水北岸，點出送別地點；朝雨點出時間也點出環境，折柳是送別之意，乃唐代習俗；首兩句寫清晨、渭水邊的客舍，氣氛清浥濕潤，浥揉合了輕輕的沙塵，客舍外在朝雨洗過的青青柳樹下，空氣一片明朗、清新；寫離別卻不感傷，反而表現輕柔明快、清新、婉約的氛圍。

末兩句寫詩人勸朋友更盡一杯酒，為何呢？因為出了陽關，就是塞外，再也見不到老朋友，顯現送別者的深摯、強烈的惜別之情。此詩寫來風光如畫，抒情真摯濃郁。是千古以來離別詩最深摯動人的詩，至今傳唱不衰，情深綿長。

翻譯：

渭水北岸的渭城，經清晨細雨洗過的輕柔濕潤的地面，
旅店周圍的柳樹，一派青翠新綠；
勸朋友再乾了這一杯酒，
出塞西去，出了陽關城，就再也見不到老朋友了。

22.山中問答　李白

問余何意栖碧山，笑而不答心自閑；
桃花流水窅然去，別有天地非人間。

賞析：

此詩詩意淡遠。用問答的形式表現詩情，「笑而不答」給人迷離曲折的詩意；「心自閑」表現詩人山居的曠達、閑遠。

末二句寫碧山之景，山色青翠蒼綠，不答而答，加深詩的韻味，「桃花流水窅然去」寫碧山天然之景；「別有天地非人間」即栖碧山之情。

全詩短短四句，有問、有答、有敘述、有描繪、有議論，其間轉接輕靈、活潑流利。李白在此詩的用筆，有虛有實，實處形象可感，虛處一觸即止；虛實對比，蘊意幽邃，表現出質樸、自然、悠遠、舒緩的風格。

翻譯：

問我是什麼心意住在這青翠碧綠的山中，
我笑著不回答，心情是閑逸的；
碧山上的桃花隨流水自然地飄逝，
這情景，不是人間可尋，自然另有天地的。

23.早發白帝城　李白

朝辭白帝彩雲間，千里江陵一日還；
兩岸猿聲啼不住，輕舟已過萬重山。

賞析：

此詩詩題一名「下江陵」。全詩旋律明快嘹亮，表現一片喜悅暢快之情。首句「彩雲間」描寫白帝城地勢之高，為全篇描寫由上游向下游行舟，舟速飛快作一伏筆。次句以「千里」表空間的遼闊、綿遠；以「一日」表時間的快速，妙在用一「還」字，表現詩人對非是家鄉的江陵，以同家鄉，表現詩人令人傳神、細細玩味的詩眼。

第三句寫長江三峽兩岸的猿猴啼聲在詩人耳中渾然一片，故吟出「啼不住」的詩句。清・桂馥云：「此詩妙在第三句，能使通首精神飛越。」（見《札樸》）

末句寫瞬息之間，「輕舟已過萬重山」除了形容快之外，用一「輕」字烘托、呼應，令人別生情趣韻味，意境超妙。

詩風俊拔、空靈、飛動、豪情萬丈、輕快歡悅之感，令人迴思不已，而音韻之美，也蕩人心魂，餘音繞樑三日不絕於耳。楊慎《升庵詩話》云：「驚風雨而泣鬼神矣。」千百年來，令後人傳唱不已。

翻譯：

在朝霞滿天的清晨，辭別白帝城；

白帝城與江陵相隔千里之遙，而我卻在一日之間就到了。

長江三峽的兩邊河岸上傳來猿猴啼叫的聲音，彷彿渾然成一片，令我感到啼聲不止；

輕快的小船很快的越過一萬重的遠山。

24. 曲江二首其二　杜甫

朝回日日典春衣，每日江頭盡醉歸；
酒債尋常行處有，人生七十古來稀；
穿花蛺蝶深深見，點水蜻蜓款款飛；
傳語風光共流轉，暫時相賞莫相違。

賞析：

曲江今西安城南，是唐玄宗時著名遊覽勝地。此詩前四句，仇兆鰲注云：「酒債多有，故至典衣；七十者稀，故須盡醉。二句分應。」筆者以為不然，首兩句只是自然的敘事，朝罷回家，途經曲江，遊賞之暇，為盡興買醉而回，故日日典當春衣，因為作詩時為春天。

第三句寫為買酒盡醉故欠債常常（用「尋常」回應前句「日日」。），所到之處為買醉都有；第四句寫詩人為何如此嗜酒？因為人生短暫（「人生七十古來稀」為後人常用語），因為短暫，所以要珍惜、要懂得享受。

第五、六句寫景，是傳唱千古的名句，表現的曲江江頭景，用「穿衣」、「蛺蝶」、疊字「深深」，再點一「見字」；與次句，「點水」、「蜻蜓」、疊字「款款」，再點一「飛」字；美景入目，生動、飛舞、暗藏、輕靈之美感，令人渾然忘我，融入自然之景中，給人除了充滿生意的動感美之外，也給人恬靜、自在之感。

末兩句寫寄語明媚的春光與我一同流轉，物我、景情、自然與人渾然合一，即使是短暫的一剎，也彼此互相欣賞、互相珍惜，互相相輔相成，不要互相違背這美好的情境。

詩情發人深思。

翻譯：

每次上朝回家天天典當春衣，在曲江江頭天天喝醉了酒才回家，常常所到之處多有酒債，因為不飲酒歡醉、享受人生，在這短暫的人生，自古年過七十就很稀有的；

蝴蝶在深深的花叢中穿過，忽隱忽現；婀娜多姿飛過曲江的蜻蜓，只點到水面一下就又飛走了，

我傳話給美麗的春光與我一同流轉吧！雖然或許是暫時的，但彼此互相欣賞，不要互相違背吧！

25.月夜　杜甫

今夜鄜州月，閨中衹獨看。
遙憐小兒女，未解憶長安。
香霧雲鬟濕，清輝玉臂寒。
何時倚虛幌，雙照淚痕乾？

賞析：

天寶十五年（西元七五六）六月，杜甫帶妻小寄居鄜州（今陝西富縣）羌村。後離家在淪陷的長安，望月思家，寫下了這首千古傳誦的名作。首句點出時間寫詩的時間是「今夜」，然後點出題身在長安，想的卻是遠在鄜州的月，將題目點明並為下文伏筆。

次句接著寫月下想的是獨身在鄜州的妻子，而妙在詩人借月聯想，獨處的妻子也像自己一樣在「閨中」、「獨看」月。古人借月傳情的文化，在此表露無遺。接著由妻而想到還小的兒女，對小兒女只有深愛，「憐」愛，「遙」因詩人

身在長安，故相對鄜州而言，曰：「遙」，遠也。接著用一「憶」字，雙關；詩人夜中望月思念妻子，也想像妻子在鄜州思念詩人，而「小兒女」是天真無邪的，對這一對患難夫妻的情深，原是「未解」的，更突顯兩夫妻的情。

第五、六句寫妻子看月的形象描寫，進一步表現「憶長安」。「香霧」形容夜霧，「清輝」形容月光；霧濕雲鬟，月寒玉臂，望月越久思念越深，為末句「雙照」月照詩人與妻，「淚」令人想像詩人對月思家，怎能不情從衷來，熱淚盈眶，而這一收筆，由五、六句點出，預作伏筆。

第七、八句也是身為詩聖的詩人，了不起的地方，他的詩風後人曰：「沉鬱頓挫，在這五、六、七、八兩聯中，表現無疑，一「濕」、一「寒」，點夜下兩人獨看月，時間之綿長、亙久；七、八句卻給讀者帶來希望，「何時」反詰詞，能看到妻子倚靠著「虛幌」（薄帷），兩人同在月夜下「雙照」，既已再聚，「淚痕」自「乾」，一「乾」字表現無窮的希望，給人無比的撼動與殷殷切盼。詩詞旨婉切、章法緊密、令人再三吟詠、不厭不倦、回思不止。

26.絕句二首其二　杜甫

江碧鳥逾白，山青花欲燃。
今春看又過，何日是歸早？

賞析：

本詩為杜甫入蜀後所作，抒發羈旅異鄉的感慨。首兩句寫山水之景，寫得動靜相參，景色爛漫璀璨、顏色如畫，也是一幅花鳥畫，因為首句用白翎的水鳥，第二句用火紅的山花；首句描寫江水碧波蕩漾，白翎水鳥掠翅江面，意境素雅遼闊；次句寫滿山青翠欲滴，朵朵鮮花紅豔無比，彷彿一團燃放的火焰，意境華美豔麗，真是濃淡得宜、虛實相間的動人心魄的山水畫。

由第三句把第一、二句的熱鬧、廣袤、素淡、火豔化為個人的抒情、感慨，第三句點寫詩的時令是暮春時節，暮春已過，初夏將至，由時間的遞嬗而想到自己，流蕩異鄉，何時才能返鄉。無限的鄉思、無限的悲懷，自然傾瀉而下，詩到此戛然而止，頓生無垠詩意，寫來真真別具韻緻。

翻譯：

江水青碧，白翎水鳥掠過江面，
山色青翠，山花火紅恍如火焰團團燃放；
今年春天已過了，何時才是返鄉的時節？

27.其三　杜甫

兩個黃鸝鳴翠柳，一行白鷺上青天；

窗含西嶺千秋雪，門泊東吳萬里船。

賞析：

這是一首生動的、著色山水圖。第一、二對仗，第三、四對仗，表現杜甫精於音律的才華。整首詩亢滿繪畫美、節奏感，音樂美；表現清新、優美、歡快的意境與旋律。

首句描寫聽覺美感，黃鸝鳥鳴，悅耳動聽；並說明在何處鳴叫？在翠碧的柳枝上叫，而且不是很多黃鸝也不是孤隻黃鸝而是成雙成對的兩隻黃鸝，可不是一種喜訊、一種祝福，加上由視覺看「黃」、「翠」對映，一幅動靜相參的畫面就浮現眼前。

第二句也寫得極美，由動入靜，由少而多「一行」表成行的「白」鷺鷥鳥直上雲霄——「青」天，將視野擴大，由眼前望到廣袤的「青」天，給人遼闊之感，也給人素淡之美。

第三句與第四句，境界更加雄偉壯闊，詩人的雄心抱負、識見之開闊，由此結語可見；第三句以「千秋」雪，點寫時間的綿長，第四句以「萬里船」表空間的曠闊，用「窗含」與「門泊」表詩人居家而雄心萬丈，立足千古。

真是名垂千古的絕妙好詩。

翻譯：

一雙黃鸝鳥在青翠的柳枝巔鳴叫，
成行的白鷺鷥直衝雲霄；
窗上含著西邊山嶺上萬載的積雪，
門外停泊著三國赤壁東吳迎戰的萬里舟船。

28. 蘭溪棹歌　戴叔倫

此詩意境極美、極妙，大陸學者，分析得極好，今引用如後。

涼月如眉掛柳灣，越中山色鏡中看；
蘭溪三日桃花雨，半夜鯉魚來上灘。

賞析：

蘭溪在今浙江蘭溪縣西南。棹歌為漁民的船歌。此詩仿擬民歌的韻緻，以清新靈妙的筆觸，寫出蘭溪一帶的山水之美，漁家的歡快之情，宛如一支妙曲，一幅佳畫。

首句指詩人抬頭仰望天空。「涼月」寫出月色的秀朗，又點出春雨過後涼爽宜人。「掛柳灣」，使人想像到月掛柳梢頭，光瀉蘭溪，細絲弄影，溪月相映增輝之情景。

第二句是低頭觀看溪水，把蘭溪山水寫得極為飄逸迷人。用一「鏡」字喻溪水，暗示月光的明潔，溪水的平靜，水色的清澈。「越中山色」把蘭溪的山色，只在「鏡中看」；沒有著意渲染疏星秀月，夾岸青山，而豐富的韻緻而在此，令人細細品味。以淡淡筆墨，描繪出一美妙藝術境界。

最後兩句寫春雨一連三天，溪水猛漲，魚群聯翩而來。「桃花雨」不僅明示季節，更是美景愉快之情，末句寫「半夜鯉魚來上灘」，句雖口語，而魚搶新水、上溪頭淺灘活蹦亂跳之景，栩栩如生，如入眼前，令人愉悅。

此時雖無一字寫人、無一字寫情，卻令人感到景中有人、景中有情。詩人將山水的明麗動人，月色的清爽皎潔，漁民的輕快歡暢，淋漓盡致地展現給讀者，恍如一幅明澈秀麗的畫卷。真是淡妝的西子。詩人妙筆、情懷由此詩自然表現出來。

從詩的結構上看，首兩句寫靜景，後兩句寫動景；結句尤為生動傳神，一筆勾勒，把整個畫面給畫活了，使人感到美好的蘭溪山水，充滿蓬勃生機，是全詩最精彩的點睛之筆。

翻譯：

像一彎秀眉的涼涼月色，掛在柳樹巔，
蘭溪的山色只有在鏡中可了解；
下了三天如桃花般的春雨，
半夜裡，鯉魚隨流水搶上灘來。

29.秋夜寄邱二十二員外　韋應物

懷君屬秋夜，散步詠涼天。
山空松子落，幽人應未眠。

賞析：

韋應物的五言絕句，一向為詩家所推崇。胡應麟《詩藪》云：「中唐五言絕，蘇州最古，可繼王、孟。」沈德《潛說詩晬語》云：「五言絕句，右丞之自然，太白之高妙、蘇州之古淡，並入化境。」此詩表現他的一種古雅閑淡的風格美。

首句寫秋夜懷人（邱二十二員外），點題。「秋夜」是景，「懷君」是情；所以，接著寫為「懷君」而「散步」，是「秋夜」故「涼天」（天涼的夜晚），用一「詠」字，點作詩寄遠。承接自然，毫不著力。

第三、四句，接著轉寫對方，想像詩人懷遠，所懷之人也應在念我，故用「幽人應未眠」，因「未眠」，故亦如我在外「散步」，而遠方人所在的景色又是如何呢？「山空松子落」，多麼曠遠、幽靜，來為末句「幽人」伏筆，「山空松子落」真是絕妙好辭，意境空靈高古，也為此詩增色，把詩的意境推到極高的境界。大陸學者說此詩：「千里神交，有如晤對，故人雖遠在天涯，而相思卻近在咫尺。」可為讀者參考。

翻譯：

懷念您在這秋天的夜晚，因為懷念在這涼夜裡吟詩散步，想您；

想您也在幽靜的山中，還沒睡地想我，

只看到空曠的山中，松子落下的情景。

30.滁州西澗　韋應物

獨憐幽草澗邊生，上有黃鸝深樹鳴；
春潮帶雨晚來急，野渡無人舟自橫。

賞析：

這首詩的末句，是宋徽宗用來考宋畫院畫家的詩題，因而有名。滁州今安徽滁縣，西澗在滁州城西郊。此詩寫詩人在滁州西澗所看到的山水之景。首句寫詩人因見山澗邊生長的幽幽野草，而獨自感到一種憐惜之情；次句寫山澗上有蓊鬱的樹林，林上有黃鸝鳥在鳴叫；給「獨」與「憐」加上熱鬧的氛圍，用一「深」字與「獨」字相映襯；用一「鳴」字，除了靜中有動外，也給大地添上無比「生」意；白居易：「離離原上草，一歲一枯榮；野火燒不盡，春風吹又生。」

第三、四句形容在春天，欣賞山水之景，直至忘我，而至夜晚，大雨滂沱而下，雨水引起澗潮，急急驟驟地下；在這時，詩人卻悠閒地賞玩景色，看到山野的津渡，一個人兒也沒有，只有舟船自橫繫在澗邊。

多麼恬淡，多麼閑適；多麼優雅，又多麼妙音在耳，又多麼深情。

翻譯：

獨自走在滁州西澗的澗水邊，看到幽幽的青草生意盎然；

山澗上蓊蔭的樹林間，有黃鸝鳥愉快地啁啾鳴唱；

春天的夜晚下起驟雨，帶來了劇的潮水；

山野中渡口邊，沒有人煙，只有一條孤舟橫靠岸邊。

31. 山行　　杜牧

遠上寒山石徑斜，白雲深處有人家；

停車坐愛楓林晚，霜葉紅於二月花。

賞析：

此詩寫詩人行步秋山所見之山林秋色圖景。首句寫山，寫山路。寫彎曲小路蜿蜒伸向山巔。用一「遠」字，寫山路綿長；用一「斜」字與「上」呼應，寫山勢高而緩。

次句寫雲，寫人家。白雲繚繞的山巔，點山很高，故下一「深」字，在白雲深處的山巔，有人居住呢？初以為深山寒冷，此處卻現人情。在如此美而華的深山中行走，卻看到楓葉森森，在秋夜黃昏時，詩人驚喜這一片楓紅遍野的秋色，不自覺地停下車來；點「愛」字。

末句回應前文，山行之所以令詩人動容，在於楓紅比江南二月的美景還要美。白居易《江南好》：「江南好，江南好，風景舊曾諳，日出江花紅勝火，春來江水綠如藍。」一詩一詞對照，相映成趣，也顯出詩人獨具慧眼，獨愛秋景的別具一格的風範。

翻譯：

想像綿長的高山寒澈骨，沿著山石路往上爬，才知山徑彎彎斜斜並不陡峭；

在那聳入雲霄的山巔，深秘深處依然有人居住；

突然看到黃昏下的楓紅，使人喜愛極了，停下車來，坐下來欣賞；

大紅的楓葉比江南二月的花兒更紅呢？

32. 樂游原　李商隱

向晚意不適，驅車登古原；
夕陽無限好，祇是近黃昏。

賞析：

樂游原在長安東南方，一登古原，全城盡覽。詩人快到黃昏時，覺得心情不好，故首句用「向晚意不適」，點明作詩的原因；接著為遣懷，詩人「驅車」登上「樂游原」（即古原）；題目、題旨都說出來了。

接著筆鋒一轉，寫對此景，詩人心生好感，第三句說明黃昏的景色是無限美好的，但落日餘暉雖璀璨，終將消逝（這是一般的說法。）；但是，今天已是二十一世紀，黃昏美景，豈不可以樂觀的態度對之？雖近黃昏，但依然光燦奪目，如曹操的老當益壯、老驥伏櫪，依然大有可為，雄心萬丈，如廉頗尚能掌兵，馳騁疆場。

翻譯：

快到黃昏時分，心情不開朗；
駕著馬車登上樂游原；
看到黃昏的景色十分美好，
只是很快美景就消失了。（雖近黃昏，景色卻是光燦奪目，比日正當中、或清晨，耐人尋味。）

六、蘇東坡詩

1.飲湖上初晴後雨二首——之二

水光瀲灩晴方好，山色空濛雨亦奇。
若把西湖比西子，淡妝濃抹總相宜。

此詩熙寧六年（西元一〇七三年）春作。瀲灩：水滿的樣子。首句寫晴時的湖光山色，次句寫雨時的湖光山色。再以古代的美女西施作喻，比喻殊妙。最後，擬人化，以素雅或穠麗的淡妝或彩妝，說明西湖在秋冬以素雅之姿顯現，春夏以穠麗之美著名，而不管淡妝或彩妝，西湖都極美。回應前二句。唐代白居易也寫了極多吟詠西湖的詩，而以蘇東坡的這首，最膾炙人口，家喻戶曉，文字簡括清新，尤其後兩句為歌詠西湖的名句。最後，我們以清王文誥的評語作結。其文曰：「此是名篇，可謂前無古人，後無來者。公凡西湖詩，皆加意文色，變盡方法。」

翻譯：

麗日照射下輕波蕩漾，光影滿湖，晴天的湖景是美好的。

山色迷濛，似一層層輕紗，增加了湖面的層次感，雨天的湖景，也是極奇妙的。

如果把西湖比作古代的美女西施。

不管是素雅的淡妝（秋冬）或穠麗的彩妝（春夏），西湖都極美，總是十分合適，妍麗非常。

補充：

以為學者參考。

飲湖上初晴後雨二首——之一

朝曦迎客豔重岡，晚雨留人入醉鄉①。
此意自佳君不會，一杯當屬水仙王②。

①唐・王績作醉鄉記。

②水仙王指西湖旁的廟名。

2.吉祥寺賞牡丹

人老簪花不自羞，花應羞上老人頭。
醉歸扶路人應笑，十里珠簾半上鉤。

此詩作於熙寧五年（西元一〇七二年）三月。寫賞牡丹花而興起詩意，寫實寫景也寫意，令人覺得意趣橫生。

吉祥寺在杭州安國坊，當地多種牡丹，蘇東坡有一篇〈牡丹記〉敘寫這件事，文曰：「……三月二十三日，予從太守沈公，觀花于吉祥寺僧守璘之圃。」又說：「州人大集，自輿台皂隸皆插花以從，觀者數萬人。」

這首詩翻用唐人詩意，自然不生硬。如：首兩句翻用唐劉禹錫看牡丹：「今日花前飲，甘心醉數杯。只愁花有語，不為老人開。」末兩句翻用唐杜牧詩句：「春風十里揚州路，卷上珠簾總不如。」

前人評首兩句曰：「意思尤長。」評後兩句曰：「二句雅音，亦熟調。」又曰：「自然。」

其實，這首詩寫實又充滿趣味。

宋時，遇有喜慶則戴花，稱為簪花。

翻譯：

人老了還插上花枝，縱使不自覺可羞，
花枝也會羞於插在老人頭上吧！
醉後回家，顛危地扶著走路，路人都在笑，
十里長街的人家，多半捲起珠簾，在睜眼瞧。

3.王維吳道子畫

何處訪吳畫？普門與開元。
開元有東塔，摩詰留手痕。
吾觀畫品中，莫如二子尊。

道子實雄放，浩如海波翻。
當其下手風雨快，筆所未到氣已吞。
亭亭雙林間，彩暈扶桑暾。
中有至人談寂滅，
悟者悲涕迷者手自捫。
蠻君鬼伯千萬萬，相排競進頭如黿。
摩詰本詩老，佩芷襲芳蓀。
今觀此壁畫，亦若其詩清且敦。
祇園弟子盡鶴骨，心如死灰不復溫。
門前兩叢竹，雪節貫霜根。
交柯亂葉動無數，一一皆可尋其源。
吳生雖妙絕，猶以畫工論。
摩詰得之於象外，有如仙翮謝籠樊。
吾觀二子皆神俊，
又於維也斂衽無間言。

此詩為蘇東坡詩「鳳翔八觀」中的一首，蘇轍也作了一首。蘇詩清空如話，詩格超妙不群。先就總體而言，此詩就王維、吳道子的兩幅有關佛教的壁畫，對兩人的畫風進行評論。先用六句總敘兩人的畫，後各以十句分論兩家，讚揚他們的畫技高超神俊；最後六句又合評兩家，揚王抑吳，表示對王維的更大敬佩，反映出蘇東坡追求文人畫的審美趨向。

詩以史遷合傳、論、贊之體作詩，開合離奇，音節疏古。道子下筆如神，篇中摹寫亦不遺餘力。將言吳不如王，乃先於道子極意形容，正是尊題法。後稱王維，只云畫如其詩，而所以譽其畫者甚淡，顧其妙在筆墨之外，自能使人於言下領會。更不必如「畫斷」鑿鑿指為神品、妙品。此詩下筆鄭重，變化跌宕，至末始以數語劃明等次，雖意已盡，而流韻正復無窮。

底下列論古人的評語，以為讀者了解此詩的參考。

⑴起處奇氣縱橫，而句句渾成深穩：「交柯」二句妙契微茫，凡古人文字，皆如是觀。

⑵「吳生雖妙絕」以下，雙收、側注，寓整齊於變化之中。

⑶坡詩絕人處在議論英爽，筆鋒精銳，舉重若輕，讀之似不甚用力，而力已透十分，此天才也。

⑷「何處訪吳畫」六句，雙起。「祇園弟子盡鶴骨」二句，刻劃入微。「吳生維妙絕」六句，雙結。

⑸浩翰淋漓，生氣迴出，古所未有，實東坡獨立千古之作。「亭亭雙林間」到「頭如黿」一氣六句，真「筆所未到氣已吞」，其神彩，固非一字一句之所能盡。

⑹必合讀全篇，方能見東坡詩風「筆所未到氣已吞」之妙。

⑺「門前兩叢竹」四句是東坡言畫竹之法。

⑻古人得意語，皆是自道所得處，所以衝口即妙，千古不磨。而陶、杜、韓、蘇、黃尤妙。

⑼此詩乃神品妙品，筆勢奇縱，神變氣變，渾脫溜亮，一氣奔赴中，又頓挫沉鬱，所謂「海波翻」、「氣已吞」、「一一皆可尋其源」、「仙翮謝樊籠」等語，皆可狀此詩，真無閒言。

⑽「筆所未到氣已吞」與杜甫〈曹將軍〉丹青引句「一洗萬古凡馬空」此二句，二公之詩，各可以當之。

注釋：

①普門、開元：兩寺名，皆在鳳翔。

②摩詰：王維。

③尊：指地位高貴。

④雙林：傳是釋迦牟尼佛去世之地。

⑤扶桑：在日出之處。

⑥暾：初升太陽。

⑦至人：指釋迦牟尼佛。

⑧寂滅：佛語，即「涅槃」，實指死亡。佛教講輪迴，講因果，今天我們活著為的就是報前世的因，修來世的果，我們今天做得好，來世就會幸福；我們今天做得不好，來世就會受難。

⑨悟者、迷者：均指佛祖的眾弟子。

⑩蠻君鬼伯：各種妖魔鬼怪。

⑪相排競進頭如黿：句粗獷，黿：鱉。

⑫芷、蓀：皆香草名。

⑬敦：敦厚，王維詩字字清，字字厚。

⑭祇園：「祇樹給孤獨園」的簡稱，釋迦牟尼佛在此宣揚佛法多年。

⑮鶴骨：形容畫中人物清癯。

⑯交柯：互相交錯的枝幹。

⑰畫工：畫匠。

⑱象外：形象之外，即指內在精神。

⑲翮：鳥翎上的莖，借指鳥。

⑳斂衽：整理衣襟，表示尊敬。
㉑間言：異議。

翻譯：

到哪裡訪求唐吳道子的畫？在鳳翔的普門寺與開元寺。

在開元寺有一座東塔，唐王維在此留下畫蹟。

我看畫品裡，沒有比他們二人地位高貴的。

吳道子的畫風實在奇雄奔放，畫風浩蕩彷佛翻滾的海中波浪。

當他下手畫畫筆勢像風雨般快捷，畫筆未到氣勢已到。

他畫釋迦牟尼佛去世的雙林景色，彩筆暈染初升太陽的日出之處。

畫中有釋迦牟尼佛對弟子談涅槃之道。

悟道的弟子悲傷涕泣，迷惑的弟子捫心自問。

各種妖魔鬼怪千萬萬，他們互相排隊競進，頭多得像鱉甲。

王維本來是詩人，佩帶香草，散發芬芳。

今天我看他畫的壁畫，也像他的詩一樣清新敦厚。

釋迦牟尼佛宣法的祗園弟子，全部瘦削清癯，心像死灰不再溫熱。

佛門前兩叢竹枝，清白的氣節貫穿雪白的竹根。

互相交錯的枝幹和隨風拂動的無數竹葉，一片片都可以尋找出他的源頭。

吳道子的畫風，雖然絕妙奇絕，我們還是把他看成畫匠。

王維的畫，得到內在的精神，好像鳥兒飛出樊籠。
我看兩人的畫風都很有神俊拔。
又特別對王維的畫尊敬，沒有異議。

4.雨中遊天竺靈感觀音院

蠶欲老，麥半黃，前山後山雨浪浪。
農夫輟耒女廢筐，白衣仙人在高堂。

此詩作於熙寧五年（西元一〇七二年），在通判杭州任上。蠶桑、農作物都還沒有收成，卻豪雨漫漫。詩人體念民生的疾苦，而以靈感觀音依然高高在上為諷。

天竺靈感觀音院，在浙江杭州靈隱寺南，此為七言歌行。首三句如古諺謠，古人評：「三句，似諺似謠，盎然古趣。」古諺謠如樂府詩中的「衛皇后歌」，歌曰：「生男無喜，生女無怨，獨不見衛子夫霸天下。」又評：「精悍遒古，刺當時不恤民，妙在不盡其詞。」

注釋：

①浪浪：指雨聲響，雨勢大。
②輟：為止意。
③白衣仙人：指白衣觀音。

翻譯：

蠶做繭，麥子半熟，前山後山卻大雨淋浪，下個不休。

農夫停止耕種，婦女也不能蠶桑，只有白衣觀音還高高在上的坐在高堂上。

5.辛丑十一月十九日，既與子由別於鄭州西門之外，馬上賦詩一篇寄之

不飲胡為醉兀兀，此心已逐歸鞍發。
歸人猶自念庭闈，今我何以慰寂寞？
登高回道坡壠隔，但見烏帽出復沒。
苦寒念爾衣裘薄，獨騎瘦馬踏殘月。
路人行歌居人樂，童僕怪我苦淒惻。
亦知人生要有別，但恐歲月去飄忽。
寒燈相對記疇昔，夜雨何時聽蕭瑟。
君知此意不可忘，慎勿苦愛高官職。

此詩作於嘉祐六年（西元一〇六一年）冬天。嘉祐六年是蘇軾兄弟參加進士第策試的一年，八月二日兩兄弟參加策試（刑賞忠厚之至論），軾入最高等的第三等，轍入第四等。仁宗很高興，回宮告訴皇后說：「朕今日為子孫找到兩位宰相。」蘇軾被簽任鳳翔簽判，蘇轍留在開封侍奉父親，這是兩兄弟的第一次離別，蘇轍從開封一直送過鄭州。蘇軾寫此詩寄給蘇轍，圍繞分別一事，盡情述說，文筆起伏跌宕，抒發兄弟間難割捨的親情。

題目「辛丑十一月十九日」，寫分別的時間，在隆冬時節。「既與子由（蘇轍）別於鄭州（河南氾水）西門之

外」，寫分別之地。馬上賦詩一篇寄之。這是一首七言古詩，以文為詩，寫須別卻不想分離之情，更見兄弟情深。

清人言：「起句突兀有意味，前敘既別之深情，後憶昔年之舊約，『亦知人生要有別』，轉進一層，曲折通宕。」此詩一出筆就不同凡人，收筆更見兄弟情深。首兩句先寫己情，起得飄忽，詩曰：「不飲胡為醉兀兀，此心已逐歸鞍發。」寫沒有飲酒而神情如醉，一顆心不是向著西行，卻隨著蘇轍折向東回，落墨就顯得感情橫溢。次兩句再由對方寫向自己，首四句以情出發，寫得情感真摯。詩曰：「歸人猶自念庭闈，今我何以慰寂寞？」

接著四句，再由自己寫向對方，寫眼中所見之景。五、六兩句表現難以言喻的景象。清・紀昀說：「這兩句寫難狀之景。」七、八兩句寫蘇轍回程，在殘月下獨行的形象。詩曰：「登高回道坡壠隔，但見烏帽出復沒。苦寒念爾衣裘薄，獨騎瘦馬踏殘月。」首先，寫烏帽的「出復沒」，使作者翹首回望的依依情態，非常突出。寫依依不捨之情。當時是寒冬，蘇轍走在雪地上，烏帽容易映現，句法很妙。到了望不見之後，又在腦際浮現了歸程上的蘇轍衣裘單薄，瘦馬、殘月的形象。寫來筆筆深入。更見藝術手法的高妙。

接著四句敘事，先寫人人都很快樂，只有蘇軾因為與弟弟蘇轍離別，而顯得感傷。接著兩句一轉，想到人生總免不了離別，又怕時間消逝得太快。詩曰：「路人行歌居人樂，童僕怪我苦淒惻。亦知人生要有別，但恐歲月去飄忽。」

末後，想到夜雨對床的約言，覺得高官厚祿並不值得留戀，更見兄弟情深。末後四句，由回憶見兄弟情深，再以叮嚀作結。「寒燈相對記疇昔，夜雨何時聽蕭瑟。」寫兄弟曾相約，將來及早偕隱。末兩句：「君知此意不可忘，慎勿苦愛高官職。」作者自註：「嘗有夜雨對床之言，故云爾。」此詩前人言：「筆筆突兀有奇氣。」表現蘇東坡友愛、深情、淡泊名利的性格。

注釋：

①兀兀：身心勞累，昏醉。
②歸人：指蘇轍。
③庭闈：父母起居的地方。
④坡壠：山坡坵壠。
⑤淒惻：感傷。
⑥飄忽：指消逝得太快。語出：「晉・陸機〈歎逝賦〉：『時飄忽而不再。』」
⑦疇昔：指從前共讀唐人詩。即讀唐・韋應物詩。
⑧夜雨：語出「唐・韋應物：『寧知風雨夜，復此對床眠』」。蘇轍有詩言夜雨對床之事，詩曰：「逍遙堂後千尋木，長送中宵風雨聲。誤喜對床尋舊約，不知漂泊在彭城。」蘇軾〈在東府雨中作示子由〉：「對床空悠悠，夜雨今蕭瑟。」又〈初秋寄子由〉：「雪堂風雨夜，已作對床聲」亦言此事。
⑨蕭瑟：指雨聲。

翻譯：

沒有飲酒，為何顯得昏醉身心勞累？

我的一顆心已經隨著蘇轍您騎的要回開封的馬，跟著您回去了。

蘇轍您還念念不忘在開封的父親，

可是今天的我如何來安慰老父的寂寞？

登上高處回頭望向您回去的歸途，但是視線卻被山坡和丘陵隔絕，

只見您的烏紗帽在雪地中一下出現一下不見。

是深冬時節，想到您衣衫單薄，

獨自一個人騎著瘦馬踏著殘月回去的景象。

路上的行人一面走一面唱歌，村野的居民顯得很快樂，

小童僕人都怪我一直現出悲苦感傷的表情。

我也知道人生免不了要有離別的時候，

只是怕日子消逝得太快。

記得從前在寒冷的油燈下面對面共讀唐人韋應物的詩，我倆相約以後要及早偕隱，

在雨夜下，什麼時候我們還能床對床共同聽雨聲？

您要記得我們偕隱的約定，不可以忘記，

千萬不要久戀高官厚祿。

6.和文與可洋川園池三十首之四首

其一：湖橋

朱欄畫柱照湖明，白葛烏紗曳履行。

橋下龜魚晚無數，識君拄杖過橋聲。

和即唱和，依他人的押韻而作的詩，是古典詩的作法之一，即詩體的一種。如：蘇東坡很喜歡陶淵明詩就依陶淵明詩用的韻，而有和陶詩。此為和文同的詩，一共三十首，清人言：「俱清新之作。」又云：「此詩不甚假腕力，而遒勁秀媚，有筆外意，詩亦多清麗可喜。」文與可即文同，號笑笑先生，北宋的詩人、文人與畫家，尤擅畫竹，今國立故宮博物院還有他的畫竹墨寶，是蘇東坡的表兄。洋川即洋州，今陝西洋縣。此三十首全為七言絕句。三十首各自為意，湖橋總起。

這四首既寫園景，更著重烘托人物，文與可的儀態、情操、生活均躍然紙上。

湖橋一詩明媚閑雅，寫園景也寫文同的遊園生活，字句逼真而空靈，令人如見文人雅士園居生活的愜意。末句更加強烘托文與可的瀟灑安閑。第二句寫文與可瀟灑安閑的儀態。首句用顏色字一「朱」字，點活了全詩，次句又用一「白」字，一「青」字，寫文人雅士的素淡美感。

翻譯：

紅色的欄杆，彩繪的廊柱，映入明淨的湖水中，
你披著白葛衣、戴著烏紗帽，拖著鞋在走路。
近黃昏時，橋下無數的龜魚在洄游，
我也聽熟了你拿著拐杖經過湖橋的聲音。

其二：霜筠亭

解籜新篁不自持，嬋娟已有歲寒姿。
要看凜凜霜前意，須待秋風粉落時。

此詩詠竹，寫來清新自然，令人由竹而想像文同的情操，以及蘇軾對他的讚美，整首詩借物擬人，具有空靈之美。謝靈運有詩：「初篁苞綠籜」。

注釋：

①籜：竹皮。
②篁：筍殼，皆竹名。
③嬋娟：美好之意。
④歲寒：一年的寒冬。
⑤粉：指竹膚的粉。

翻譯：

脫落了竹籜的新竹，還不太勁健，
但體態美好，已有耐寒的素質。
要看它在嚴霜面前的凜然意態，須等到起了秋風，竹粉掉落，漸成老竹的時候。

其三：篔簹谷

漢川修竹賤如蓬，斤斧何曾赦籜龍。
料得清貧饞太守，渭濱千畝在胸中。

此詩又見於蘇東坡〈篔簹谷偃竹記〉一文，漢川指漢水，斤斧指斧頭，籜龍指竹筍，借喻竹。「料得清貧饞太守」古人以為用語粗獷、猛大、粗俗、粗惡，字句太笨，有傷風雅。我個人認為：「蘇軾畫論，認為繪畫必須胸有成竹，此詩以嬉笑之筆寫竹，也寫文同食竹在胸，詼諧之致。」渭濱指渭水。

翻譯：

漢水上的竹子多得賤如蓬草，
在斧頭的砍伐之下，那裡曾經放過這些竹子。
料想到清貧愛吃竹筍的文同，
渭水旁的千畝竹林都被他吃到胸中了。

其四：此君菴

寄語菴前抱節君，與君到處合相親。
寫真雖是文夫子，我亦真堂作記人。

竹是清風亮節的象徵，文同喜竹、愛竹且畫竹；蘇軾此詩借文同之情操，表現自己亦是喜竹、愛竹、畫竹之人。此詩古人言：「波峭多姿」，又云：「灑落語，不必求工。而意致殊勝。」

注釋：

①抱節君：乃蘇東坡新語，指竹子。
②寫真：一語出自唐明皇〈題梅妃畫真〉，即畫肖像，此指畫仿。

③文夫子：指文同，「真堂」即寫真的默君堂，蘇軾有〈墨君堂記〉一文。

翻譯：

為我告訴菴前的竹子，無論到那裡，都和你相親相近。

為你畫像的人雖是文同，我也是默君堂為你作記的人。

以上四詩作於熙寧九年（西元一〇七六年）蘇軾於密州時作。

7.和子由澠池懷舊

人生到處知何似，應似飛鴻踏雪泥。

泥上偶然留指爪，鴻飛那復計東西。

老僧已死成新塔，壞壁無由見舊題。

往日崎嶇還記否？路長人困蹇驢嘶。

此詩是嘉祐六年（西元一〇六一年）冬，蘇軾途經河南澠池，入陝西，就任鳳翔府簽判，得到蘇轍寄詩——懷澠池寄子瞻兄，因而和韻。現在，我們看蘇轍〈懷澠池寄子瞻兄〉：「相攜話別鄭原上，共道長途怕雪泥。歸騎還尋大梁陌，行人已度古崤西。曾為縣吏民知否？舊宿僧房壁共題。遙想獨遊佳味少，無言騅馬但鳴嘶。」「△」的記號就是韻腳，兩詩一比較，什麼叫和韻，自然明曉。

此詩以雪泥鴻爪比喻人生的無常和人生蹤跡不定，是很有名的詩句。此詩首四句，清·紀昀評曰：「前四句……意境恣邁，即東坡之本色。」又評曰：「空靈」。此四句法唐人，不僅師唐人詩意，也師唐人句法。古人評：「蘇軾這詩用唐人舊格，圓轉自如，很見藝術手法。」

我們看唐·崔顥〈黃鶴樓〉詩：「昔人已乘黃鶴去，此地空餘黃鶴樓。黃鶴一去不復返，白雲千載空悠悠。」

唐·李白〈登金陵鳳凰臺〉詩：「鳳凰臺上鳳凰遊，鳳去臺空江自流。」又〈鸚鵡洲〉詩：「鸚鵡東過吳江水，江上洲得鸚鵡名。鸚鵡西飛隴山去，芳洲之樹何青青。」

蘇軾此詩首四句曰：「人生到處知何似？應似飛鴻踏雪泥。泥上偶然留指爪，鴻飛那復計東西。」四詩一同比觀，其中，異曲同工之妙頓見。

此詩第三句和第四句不按律詩對仗，屬於變格，即單行入律，故此詩為七言律詩的變格。

由於蘇轍詩中有「舊宿僧房壁共題」句，故蘇軾才以此詩鼓勵蘇轍努力向上的精神不可忘，而以之共勉。

此詩用的是微韻，以文為詩，如行雲流水。首四句寫景，也虛寫人生無常；末四句實寫當年的努力不可忘，以情作收。第七句的「崎嶇」指求仕而作的努力。

翻譯：

人生所到之處，同什麼相像？

應該說像天上飛的鴻鳥歇息下來時，踏上了雪中的泥地。

雪中的泥地上偶然留下鴻鳥的爪印，

鴻鳥再飛上天去，那裡又會計較是飛向東還是飛向西？

奉閒和尚已經死了，他的骨灰放在新建的靈骨塔中，

傾頹的牆壁已經沒有辦法再見從前所題的詩。

從前我們為了求仕所作的努力，您還記得嗎？

路是那樣長，人是那樣疲憊，只有跛腳的驢子在嘶叫著。

8.出穎口初見淮山，是日至壽州

我行日夜向江海，楓葉蘆花秋興長。

長淮忽迷天遠近，青山久與船低昂。

壽州已見白石塔，短棹未轉黃茅岡。

波平風軟望不到，故人久立烟蒼茫。

此詩全首不依平仄常格，律詩或絕句，全首不依平仄常格的叫拗體詩。故此詩為拗體七言律詩，以拗體音節來表達被貶的心情，極饒神韻。首四句寫景，寫景美，給人一片秋涼的美感。後四句敘事兼抒情，給人一片煙雨淒然的美感。古人評：「有古趣，兼有逸趣。」又評：「極自然，極神妙。」又曰：「是短篇極則。」

此詩作於熙寧四年（西元一〇七一年）秋末，蘇軾赴杭州通判任，在途中所寫。這詩寫淮河秋景，抒發離朝日遠，寄身江海的情懷。

注釋：

①潁口：指安徽潁上縣。
②淮山：指淮河。
③壽州：在安徽。
④秋興：指秋日引起的感懷。杜甫有〈秋興八首〉，又有詩句：「秋來興甚長」。
⑤白石塔：為碼頭上的燈塔名。
⑥短棹：指小船。
⑦黃茅岡：為渡口的地名，又見於唐・白居易〈山鷓鴣〉：「黃茅岡頭秋日晚，苦竹嶺上寒月低。」
⑧風軟：指秋風很溫和。
⑨烟蒼茫：指江海烟雨，一片迷茫。

翻譯：

我的行程日日夜夜走向長江大海，兩岸楓葉飄紅，蘆花泛白，一派涼秋景象，使人感懷甚多。

船出潁口，開入淮河，驟感天水迷茫，不知遠近；船隻隨波上下，在船上望見青翠的淮山，也好像時高時低，與船隻互為起伏。

船到安徽壽州已經看見了岸邊的白石塔，小船卻還沒轉入黃茅岡渡口。

水波很平靜，秋風很溫和，看得見壽州而尚未到，

老朋友們在一片烟雨蒼茫中，站著等我想必已經等很久了。

9.臘日遊孤山訪惠勤、惠思二僧

天欲雪，雲滿湖，樓臺明滅山有無。
水清石出魚可數，林深無人鳥相呼。
臘日不歸對妻孥，名尋道人實自娛。
道人之居在何許？寶雲山前路盤紆。
孤山孤絕誰肯廬，道人有道山不孤。
紙窗竹屋深自暖，擁褐坐睡依團蒲。
天寒路遠愁僕夫，整駕催歸及未晡。
出山迴望雲木合，但見野鶻盤浮圖。
茲遊澹薄歡有餘，到家恍如夢蘧蘧。
作詩火急催亡逋，清景一失後難摹。

這是一首記遊詩，敘寫孤山的冬景。由此詩體現了詩人捕捉形象的長技，蘇軾對描寫物態，具有敏銳的觀察力，和強度的表現力。他說：「求物之妙，如繫風捕影。」風與影都是瞬息變化的，要在瞬息間捕捉它，點染或富於畫意的形象，是他的主張。

這詩摹寫清景，著墨不多，但很概括。此詩作於熙寧四年（西元一〇七一年）冬，寫孤山雪前景象，晝暮的變化不同，各有形態。紀昀評曰：「忽疊韻，忽隔句韻，音節之妙，動合天然，不容湊泊，其源出於古樂府。」這是就詩的作法和音樂性而言。

舊以十二月為臘月，臘日指十二月一日，孤山在杭州西湖的裡湖與外湖之間，一坡孤聳，又多梅花，為湖山絕勝處。惠勤：詩僧，長於詩；惠思：詩僧，曾與王安石酬唱。

首四句寫景，前三句寫遠望之景，「樓臺明滅山有無」寫明朗的遠山，有如王維的詩句：「江流天地外，山色有無中。」第四句「水清石出魚可數」，出自樂府〈豔歌行〉：「水清石自見。」五、六句寫清景如繪，以上為入山之景。五、六句亦為近接之景。

接著四句以文入詩，敘事點題。首二句寫遊孤山為自娛，接著二句寫未至所見。接著四句亦敘事，首句「孤山孤絕誰肯廬」，接法妙絕。「道人有道山不孤」已於言外得之，這二句自為開合，亦以字面錯綜複出生姿。《論語》有言：「德不孤，必有鄰。」接著二句寫既造其屋所見。

接著四句寫景，詩之警動處在後二句：「出山迴望雲木合，但見野鶻盤浮圖。」寫出山之景，寫難狀之景，於分明處寫出迷離，與起五句相對照；與前詩：「但見烏帽出復沒」同一寫法。

最後四句以情收，寫覺醒作詩。首句：「茲遊澹薄歡有餘。」應前實自娛，次句：「到家恍如夢蘧蘧。」蘧蘧：指形貌清切。最後「作詩火急催亡逋，清景一失後難摹。」寫創作在捕捉靈感，是詩旨。而「清景」為一篇之大旨。

古人評此詩：「下句，無一處可搖動，天然之作。」又：「語語清景，亦語語自娛。」又曰：「神妙。」

翻譯：

天要下雪，雲氣瀰漫湖上，樓閣臺榭若明若暗，山色若有若無。

水很清澈，岩石突出，水中的魚兒歷歷可數，

山林幽靜，了無人煙，只聽到鳥聲互相呼應。

十二月一日不回家同妻兒相聚，

假借要尋訪詩僧，實際是為了自尋快樂。

詩僧的山居在那裡？

在寶雲山山前彎彎曲曲的路途上。

孤山孤零零的，有誰肯住下來？

詩僧都很有名，所以住在孤山就不會孤寂。

到了詩僧的山居，只見紙糊的窗戶，竹子架構的屋宇，深居其中，自覺溫暖，

他們都抱著黃黑色的僧衲，坐著睡在坐禪的蒲團上。

天很冷，路途遙遠，僕人都很擔心，

整理好馬車催促我，趕在黃昏以前回家。

離開孤山回頭看，樹木全給濃雲遮蔽了，

只看到野鳥（鷙鳥）在佛塔上盤桓。

這次的遊歷恬靜歡心不已，

回到家彷彿作了夢，夢中情景親切可憶。（到家後，彷彿夢醒而情景俱在。）

趕緊作詩，心急得像在捕捉逃亡者，

清澈的景象，如果一失去，以後就很難再捕捉。

10.除夜直都廳，囚繫皆滿，日暮不得返舍，因題一詩於壁

除日當早歸，官事乃見留。
執筆對之泣，哀此繫中囚。
小人營餱糧，隨網不知羞。
我亦戀薄祿，因循失歸休。
不須論賢愚，均是為食謀。
誰能暫縱遣？閔默愧前修。

此詩為五言古詩，於熙寧四年（西元一〇七一年）在杭州作。表現蘇東坡以文為詩的精神，自自然然，像說話一樣，一句承一句。這詩為獄中囚犯所作，表達人溺己溺，人飢己飢的傳統人本思想。同情百姓、惻隱之心，歷歷可見。這是由於古代教育不普及，民風質樸，如清・沈德潛的《擊壤歌》：「日出而作，日入而息，鑿井而飲，耕田而食，帝力於我何有哉？」表達古代百姓，只求自給自足，溫飽即可，不管權勢，也就是「天高皇帝遠」的出處，因而，蘇東坡才有此作，關懷百姓。但是，今天，民智已開，所有的官吏都是老百姓選出來的，社會、國家要好，老百姓要全盤負責，自己選出來以後，自己來抗爭，來爭權奪利，又有何意義？　孫中山先生說得很清楚，官吏要為老百姓服務，是人民的公僕。現代無論官吏或百姓都應知守法，要有倫理秩序，道德觀念要有負責任的精神。

此詩首四句敘事兼抒情。接著四句對比寫無奈，後四句以情收，先寫老百姓和自己都是為了生活而不能回家團聚，表現蘇東坡沒有階級觀念，對老百姓同情之心，油然而生。

注釋：

①除夜：指除夕夜。
②直：同「値」同音假借，留守的意思。
③部廳：杭州官署名。
④囚繫：指犯鹽法（新法）的百姓。
⑤見留：為被動式，指被留下來留守。
⑥小人：指小老百姓。
⑦餱糧：乾糧，泛指食物。
⑧因循：指為官事拖延下來。
⑨閔默：「閔」同憫，指心憂而無言。白居易詩：「閔默秋風前。」
⑩前修：指史載漢高祖劉邦、唐太宗李世民、魏晉南北朝多人都有縱囚的史事，蘇東坡也有文「縱囚論」評之。

翻譯：

除夕本應早點回家，但給官事留住了。

提起筆來，對著在押的犯人流淚；心中為他們感到悲傷。

小民為了營課生活，觸犯刑法而不知羞辱。

我也留戀微薄的俸祿，拖延下來，耽誤了歸期。

不論官吏、小民，一樣是為了謀生。

我誰能暫放他們回去呢？我惻然無語，自覺有愧於古代有品德的人。

11.六月二十七日望湖樓醉書五絕

「望湖樓」為西湖十景之一，另有〈和蔡準郎中見遊西湖三首〉，古人謂：「蘇東坡此八首寫西湖之神，隨手拈出，可謂天才。」，這五首詩皆為七言絕句，寫於熙寧五年（西元一〇七二年）。

其一：

黑雲翻墨未遮山，白雨跳珠亂入船。
卷地風來忽吹散，望湖樓下水如天。

此詩首兩句，以對仗起句，句法精工。古人評：「陰陽變化開闔於俄傾之間，氣雄語壯，人不能及。」此詩寫湖上下雨的景色，即西湖雨景，雨來得快，收得快，雨後景象清新，很寫實地表現出夏天陣雨的圖景。首兩句一「黑」字，一「白」字，為顏色對，「翻墨」和「跳珠」是動詞對，用語也下得奇，「未遮」對「亂入」，「山」對「船」，寫雨勢雨景，句法傳神。白居易有詩：「赤日見白雨。」（〈見悟真寺〉詩），此詩給我們一種詩意和清新的動感和美感，令人回味無窮。

翻譯：

黑雲像濃墨般翻滾過來，還未全把山遮住；
白色的雨點，已急如跳珠亂灑入船。
捲到地面的大風，忽然把驟雨吹散；
望湖樓下的湖水和長空一樣明淨，水天一色。

其二：

放生魚鱉逐人來，無主荷花到處開。
水枕能令山俯仰，風船解與月徘徊。

這詩寫西湖水景，頭兩句借魚鱉、荷花表現悠然自得之景。末兩句寫人與景無拘無礙，十分自然放逸。古人評：「東坡七絕可愛，趣多、致多。」由此詩可見。首兩句亦如前首，以對仗起句，工巧自然。純寫景，但借物擬人，表現閑散之情。「無主荷花」指野生的荷花。末兩句寫風致，亦以對仗收，所以，此詩兩兩相對，為絕句中之妙品，遣詞造句美，表現意境妙。枕臥船上，故曰：「水枕」，夏風襲船而行，故曰：「風船」。表現人與自然合一，放情自然的超妙詩境。

翻譯：

放生於湖裡的魚和鱉甲，追逐人影，成群游來；
野生的荷花，隨處盡情開放。
枕臥船上，聽令水波盪漾，看見山峰隨船一俯一仰；
入夜後風中的湖船似也會同月亮往來。

其三：

烏菱白芡不論錢，亂繫青菰裹綠盤。
忽憶嘗新會靈觀，滯留江海得加餐。

這詩寫採菱、採水生野果、野菜的情趣，末兩句回憶前景，而今更添新意。此詩寫東坡寄情江海，一片瀟脫的情懷。首兩句顏色字用得多，一「烏」字，一「白」字，一「青」字，一「綠」字，產生繽紛的美感。「白芡」是水生的果類植物，一「亂」字，有「隨意」的意思。「綠盤」指裝東西的大盤，韓愈有詩：「平池散芡盤。」第三句「嘗新」指品嚐新出的物產，「會靈觀」在京城，此句寫勾起往日的回憶；最後一句宕開一筆，放開胸襟，在江南水鄉（「江海」）盡情享受，多吃些江南物產吧，一片灑脫放逸。

翻譯：

黑色的菱角白色的水中果蔬，多得不值錢；
隨意採青色的菰菜，捆載滿盤。
忽然回想起從前在京師的會靈觀品嚐新鮮的物產；
現今逗留在江南水鄉可以吃得更多。

其四：

獻花游女木蘭橈，細雨斜風濕翠翹。
無限芳州生杜若，吳兒不識楚辭招。

這詩寫西湖女孩為詩人獻花的熱情，由花而想到《楚辭》的香草美人（喻君子），反襯西湖女孩的純真和快樂。古人評此詩：「更饒情致。」此詩用了《楚辭》〈招魂〉、〈大招〉的典，且於古典中，反襯當代女孩的活潑可愛。首兩句敘事，最後以典反托當代女孩作結。「橈」指船槳，第一句「木蘭橈」指用木蘭樹彫成的木蘭舟；第二句「翠翹」指翡翠鳥尾巴的長毛，這裡借喻為首飾。第三句「洲」指水中的高地，「杜若」指香草，「吳兒」指獻花的游女，「楚辭招」指《楚辭》中的〈招魂〉、〈大招〉篇。最後兩句敘事兼抒情，最後以情收。《楚辭》有：「采芳州兮杜若，將以遺兮下女。」「下女」指人間女子。

翻譯：

木蘭舟上的游女冒著斜風細雨給我送花，頭上的首飾翠翹也弄濕了。

無盡的洲渚長著杜若，一片芳香；這些天真瀾漫的吳中兒女，可不知道《楚辭》歌頌的香草，有多麼深長的意義。

其五：

未成小隱聊中隱，可得長閑勝暫閑？
我本無家更安往？故鄉無此好湖山！

這首詩寫隱於仕宦之中，偷得浮生半日閒，而寫出西湖的美姿，也發掘了西湖當地人的生活，作者融入其中，西湖成了第二故鄉。詩中的「小隱」、「中隱」，見於白居易中隱詩：「大隱住朝市，小隱入丘樊。丘樊太冷落，朝市太囂喧。不如作中隱，隱在留司官。似出復似處，非忙亦非閒。唯此中隱士，致身吉且安。」「可得長閑勝暫閑」出於白居易詩：「偷閑意味勝長閑」。

翻譯：

未能回到山林做小隱，姑且安於居官做個所謂中隱。
可以得到長久休閑勝於忙裡偷閑。
我本來就沒有家，還要到那兒去？
故鄉四川眉山沒有如此美好的湖山光山色。

12.孫莘老求墨妙亭詩

蘭亭繭紙入昭陵，世間遺跡猶龍騰。
顏公變法出新意，細筋入骨如秋鷹。
徐家父子亦秀絕，字外出力中藏稜。
嶧山傳刻典型在，千載筆法留陽冰。
杜陵評書貴瘦硬，此論未公吾不憑。
短長肥瘠各有態，玉環飛燕誰敢憎。
吳興太守真好古，購買斷缺揮謙繒。
龜趺入座螭隱壁，空齋晝靜聞登登。
奇踪散出走吳越，勝事傳說誇友朋。
書來乞詩要自寫，為把栗尾書溪藤。
後來視今猶視古，過眼百世如風燈。
他年劉郎憶賀監，還道同時須服膺。

此詩熙寧五年（西元一〇七二年）作於杭州。對歷代書家提出自我的見解，也提出自己對書法的看法，而且對孫莘老的用心，格外的讚揚；清・紀昀云：「句句警拔，東坡極加意之作。」

孫莘老本名孫覺，高郵人，湖州知州。「墨妙亭」乃孫莘老收藏秦漢以來，古文遺刻的亭。本詩前八句評書家書法，一句緊扣一句，句勢緊拔。純屬客觀議論。首兩句寫王羲之的蘭亭序，第一句用了「蕭翼賺蘭亭」與唐太宗攜蘭亭與他永埋「昭陵」的故事，第二句寫傳世的摹本還是虎虎有勢。

接著承首兩句，寫顏真卿的字「變法出新意」，表示顏魯公是突破寫毛筆字體，表現自我個性的第一人，而筆力細勁如「秋鷹」般遒勁有骨力。接著再寫唐・徐嶠之、徐浩父子的字由顏字的雄氣而到秀麗婉約的書風，筆裡藏鋒。以上談的是帖字。第七、第八句寫碑學，秦嶧山碑的書風依然傳世不衰，一千年來嶧山筆法由唐・李陽冰傳承。

然後在平鋪直敘，侃侃而談之際，突然筆風一轉提出自己的書論，承接自然之外，又用反詰語加強肯定自己的見解。首先反對杜甫「書貴瘦硬」的看法，然後，提出自己的觀點，認為每個人有每個人的自我風格（「短長肥瘦各有態，玉環飛燕誰敢憎？」）。

接著八句點題，盛讚孫莘老的用心。孫莘老（「吳興太守」）真是喜愛古石刻，為了買古石刻，揮霍金錢。破題之後，接著兩句描寫在亭中刻石，然後加強說明孫莘老喜歡瑰奇的古書法的用心，傳得朋友們都知道了；更見其用心良苦。然後寫孫莘老要蘇東坡親自把筆書寫墨妙亭詩，與題目隱合。

最後，說人生無常，自己與孫莘老能如唐人劉禹錫和賀知章能在同代為友，對孫莘老非常佩服作結。本詩起筆敘事，由議論書家到扣題描述孫莘老的用心，層層分述，井然有序，最後，感歎以情收筆。古人云：「東坡深於書，故評書有獨到語；此詩為七言古詩，豐約合度，姿態可觀，舉重若輕，議論英爽」；所以，古人認為東坡此詩為「天才之作」。

翻譯：

王羲之的《蘭亭集序》隨著唐太宗埋入昭陵，世間遺留下的摹本字跡飛動有勢；

顏真卿的書法變化傳統，表現自我的個性；在雄壯的書形下，表現筆力細硬如筋，雄秀入骨，恍如秋天的蒼鷹；

唐代徐嶠之、徐浩父子書風秀麗絕塵，筆勢遒勁有力而不露鋒芒；

秦嶧山碑傳世刻本典範尚存，一千年來嶧山碑的筆法由李陽冰所承繼。

杜甫品評書法看重筆力要瘦硬，這個論點不公允，我不依據；

書法寫得短長胖瘦，各有各的美；楊玉環（胖）、趙飛燕（瘦），有誰敢說他們不美？

孫莘老真正愛好古書法，為了購買斷簡殘碑，不惜揮霍金錢；

把碑刻安置在龜趺座上，或嵌在亭壁間；空空的書齋在大白天只靜靜地聽到刻碑的聲音；

瑰奇的古書法四佈散出江浙地區；他喜愛古書法刻碑的美事，傳揚開來，被朋友們讚美著；

他寫信給我，要我為他刻碑的墨妙亭作一首詩，並且要我親自書寫；為此，我拿起有名的栗尾筆寫詩在溪藤紙上。

後來的人看今天的我們，就好像今天的我們看過去的人；百代的光陰恍如轉眼間的事；

他日我們彷彿唐代的劉禹錫回憶賀知章，還說我們是同時代的朋友，將來回憶起來，總是衷心敬服的。

13.將之湖州戲贈莘老

餘杭自是山水窟，仄聞吳興更清絕。
湖中橘林新著霜，溪上苕花正浮雪。
顧渚茶芽白於齒，梅溪木瓜紅勝頰。
吳兒膾縷薄欲飛，未去先說饞涎垂。
亦知謝公到郡久，應怪杜牧尋春遲。
鬢絲只可對禪榻，湖亭不用張水嬉。

此詩熙寧五年（西元一〇七二年）冬作於杭州。孫覺向蘇東坡提議築松江隄堰，要蘇軾至湖州查勘水利，此行又可見到好友，又可欣賞好山好水，蘇東坡的心情是極為高興的；所以，本詩出語風趣，雜以嘲戲；蓋才力豪邁有餘，用之不盡，自然如此。表現蘇東坡開闊的筆力，豁達的風範。

這是一首七言古詩，寫情寫景絲絲入扣，情融於景，情景交融，是一首寫景寓情的絕妙好詩。蘇東坡寫此詩正在杭州，杭州是個風景極美的山水名地，所以，詩由自己所在之地說起；再敘述要去的湖州，景色更是清麗秀絕。這兩句開筆敘事、點題、總領全詩；正是，風景絕佳、人情溫暖，所以高興。在這裡用一「清」字，表現蘇軾的審美觀，「清新」是宋人審美的條件之一。

接著承首兩句，用四句對偶句，指寫湖州的「清絕」之景；詩中有畫，不僅是山水勝地，更是物產豐富的地方。太湖湖中有東西二洞庭山盛產橘，韓彥直橘錄：「洞庭柑出洞庭山，皮細味美，其色如丹，其熟最早。」所以，寫景先寫太湖的橘林，新近經霜，白霜覆蓋綠林，這是一美一甜。接著寫苕溪上的蘆葦花，正開花白如浮雪，這又是一雪白潔淨的美感。兩兩對偶，精工典麗。接著再寫顧渚山產的茶芽雪白過於齒牙，綠中嫩白，又是一美；相對著，下一句寫梅溪盛產的木瓜紅熟，甚過人的臉頰，這一紅配上句的一白，豈不是美極？此四句，文字清新，很樸實自然地描繪出一幅生動的湖州風物圖。

接著寫湖州的民情，首先寫湖州人切肉絲又快又薄，次寫還沒去就先說垂涎欲滴，最後借杜牧尋春，反托自己的心情，脫然於物外，先用典敘事，即用杜牧故事，點戲字，杜牧悵詩：「待花尋春去較遲，不須惆悵怨芳時」，末兩句亦用杜牧詩句：「今日賓絲禪榻畔，茶煙輕揚落花風。」水嬉指刺使崔元亮招待杜牧的彩舟競渡。

翻譯：

杭州固是山水名區，
聽說湖州風光更是清絕。
大湖橘子林新近經霜，
苕溪上蘆葦花正開花白如浮雪。
顧渚山山上的紫筍茶茶芽潔白過於牙齒，
梅溪的木瓜紅熟勝過人的臉頰。
吳人巧手切肉治鱠又細又薄，
我還沒去就先說起來，弄得饞涎欲滴。
也知道孫莘老到湖州做太守已經很久了，
應該說怪我像唐杜牧一樣來遊春太遲了。
我自己已經老了，只能學佛參禪，
您要迎接我，不需要像崔元亮迎接杜牧一樣，舉行彩舟競渡。

14. 秀州報本禪院鄉僧文長老方丈

萬里家山一夢中，吳音漸已變兒童，
每逢蓟叟談終日，便覺峨眉翠掃空，
師已忘言真有道，我除搜句百無功，
明年採藥天臺去，更欲題詩滿浙東。

這是一首七言律詩，秀州今浙江嘉興，報本禪院唐名，宋為本覺寺，鄉僧指四川同鄉的和尚，文長老指文及，方丈和尚的稱號。首兩句敘事，三、四、五、六句妙極，由景生情，警動。最後兩句敘事，前後呼應。

此詩作於熙寧五年（西元一〇七二年）冬，蘇軾過秀州時作。借與家鄉長老聊天而懷念故鄉，離故鄉已久，連孩子都不會講家鄉話了。末四句寫長老禪道高深，自己只能吟詩造句而已，這是自謙之詞。

三、四、五、六句為流水對，極盡馳騁之能事，上下一氣呵成，與末兩句同為清麗之筆。流水對即屬對上下兩聯，意味相貫串，二句相俟成。如：唐・張巡：「不辨風塵色，安知天下心」一意。而「更欲題詩滿浙東」表現蘇軾雄豪心胸。

末兩句詞意真切，只著意鄉情，造語倜儻奇警，令人吟詠不盡。言：「明年也要到天臺山去求道」。「採藥」用唐・賈島〈尋隱者不遇〉詩：「松下問童子，言師採藥去。只在此山中，雲深不知處。」意。更想盡情寫詩，題遍浙東。表現真摯感情，一片意厚情深，非泛泛之輩可言。

翻譯：

迢迢萬里的家山，如今只能縈繞在夢中，離鄉已久，兒童已漸變鄉音為吳音。

每天與文長老整日長談，便覺回到西蜀峨眉山翠色橫空。

禪師論道已臻無言之境，真正得道高僧，我除了懂得作詩，百無一成。（此句敬重文長老為有道高僧。）

明年我也要到天臺山去求道，更想作詩題遍浙東。

15. 自普照遊二庵

長松吟風晚雨細，東庵半掩西庵閉。
山行盡日不逢人，裛裛野梅香入袂。
居僧笑我戀清景，自厭山深出無計。
我雖愛山亦自笑，獨往神傷後難繼。
不如西湖飲美酒，紅杏碧桃香覆髻。
作詩寄謝採薇翁，本不避人那避世。

此詩作於熙寧六年（西元一〇七三年），蘇軾在通判杭州任上。首四句寫景，自然而有詩意。中四句寫山僧愛世，卻出山無計。後四句寫自己與山僧有同感，表現出積極入世的思想。

普照，寺名，在浙西高陽縣。二庵指東庵、西庵。本詩為七言古詩，首四句表現聽覺和嗅覺上的美感。一句寫景；一句敘事；裛裛香氣的意思。此四句寫清幽孤峭之景，著意寫出山寺的冷寂和山僧的幽獨生活。

接著四句寫情，前二句敘事，下兩句詩眼，接著表現清幽之趣，微妙之音。這四句顯出作者抒寫胸臆，不作矯情之筆。

最後四句反襯，托出己意。這是因為此游太清幽，再寫無味，用反襯作收，詩法上是圓筆，餘味無窮。「紅杏」、「碧桃」，拿花比喻歌伎。這兩句以西湖的遊樂反襯山寺的幽獨。最後兩句寫要做一個有所作為的積極入世者，因為如此積極樂觀，所以，每到一處就與當地人打成一片。「採薇翁」用《史記・伯夷叔齊列傳》的故事，指隱居的人。

翻譯：

風吹長松發出吟嘯聲，晚來細雨霏霏；東庵半掩著門戶，西庵卻已關上門了。

在山野走了一整天，都沒遇到人，倒是染得一袖梅花的香氣。

居住山家的僧人嘲笑我愛戀清幽景色，自己覺得厭棄住在偏僻的山裡，無法出山。

我雖然很喜愛山林也覺得自己可笑，獨自一個人長處山中，總覺感傷，恐怕很難繼續下去。

倒不如在西湖上暢飲美酒，坐對花般豔麗的歌伎。

寫詩辭謝隱居者，本來就不逃避人事干擾，那會有遁世的想法。

16.新城道中

東風知我欲山行，吹斷簷間積雨聲。
嶺上晴雲披絮帽，樹頭初日挂銅鉦。
野桃含笑竹籬短，溪柳自搖沙水清。
西崦人家應最樂，煮芹燒筍餉春耕。

此詩作於熙寧六年（西元一〇七三年）春。首兩句是擬人法，東風無知乃是詩人自知，東風多情而其實是詩人多情。頷聯、頸聯純寫景，語句自然而有畫意。最後以田家生活樂趣作結。

這是一首七言律詩。新城今浙江新登，宋時是杭州屬縣。起筆有神致，是敘事句。接著描寫雨後嶺、樹之景。三、四句寫向上看之景。唐詩人常形容晴雲為棉絮，如：韓愈詩：「晴雲如擘絮」、杜牧詩：「晴雲似絮惹低空」。

五、六句寫向下看之景，以上四句寫道中所見，詩中有畫，鑄語神來。最後兩句以春耕作結。

全詩的前六句著意描寫早行景色，路上風日晴朗，水清沙白，桃柳爭春；充滿生意，使人心神舒暢。末兩句是寫餉耕時刻，農家忙著做菜飯，送到田裡，很富春耕生活氣息。王維〈積雨輞川莊〉作一詩，錄於後，以供讀者參看領會。詩曰：「積雨空林烟火遲，蒸藜炊黍餉東菑。漠漠水田飛白鷺，陰陰夏木囀黃鸝。山中習靜觀朝槿，松下清齋折露葵。野老與人爭席罷，海鷗何事更相疑。」

注釋：

銅鉦：古樂器，狀如銅盤。

翻譯：

春風知道我有訪山的旅程，就故意放晴，屋簷淅瀝淅瀝的雨聲停下來了。

晴朗的雲朵繞著山嶺，像披著棉絮的帽子。

太陽剛剛升上樹梢，像掛著一面銅盤。

短矮的竹籬種著桃花，鮮妍含笑；垂柳的嫩枝條在清淺的溪水上輕輕飄拂。

西山農家應該最快樂，煮著芹菜、燒著竹筍，送給春耕的人吃。

17.於潛僧綠筠軒

可使食無肉，不可使居無竹。
無肉令人瘦，無竹令人俗。
人瘦尚可肥，士俗不可醫。
旁人笑此言，似高還似癡。
若對此君仍大嚼，世間那有揚州鶴？

此詩作於熙寧六年（西元一〇七三年），從杭州到於潛（今浙江臨安）時作。首四句亦是家喻戶曉的名句，以竹、肉比人的雅俗，以「士俗不可醫」，以應末句「世間那有揚州鶴」來警惕一般世人。

「僧」，指惠覺，「綠筠軒」寺內軒名，以多竹取名。這是一首五、七言古詩。《左傳》：「肉食者鄙。」《晉書・王微之傳》：「何可一日無此君？」（「此君」指竹。）此詩文字淺白，議論深刻，詞語口語化，故傳誦千古。「揚州鶴」出自《殷芸小說》：「有四人共談心中大願，第一個人希望成為揚州刺史，第二個人希望腰纏萬貫，第三個人希望成仙，第四個人希望腰纏萬貫，駕鶴上揚州。」末句似幽默，其實是嚴肅的。隱喻既想賞秀竹，保持高潔；又想肉食而不怕鄙俗，是辦不到的。

翻譯：

可以使人不吃肉，不可以使人住的地方沒有竹子。
沒有吃肉人會瘦，沒有竹子人會俗氣。
人若瘦了還可以再胖，讀書人若俗氣了就無藥可醫。
別人嘲笑我這樣的說法，好像很高超還像很深情。
若要高潔，又特別愛吃肉，世間那有這樣如意的事呢？

18.於潛女

青裙縞袂於潛女，兩足如霜不穿屨。
觰沙鬢髮絲穿杼，蓬沓障前走風雨。
老濞宮妝傳父祖，至今遺民悲故主。
苕溪楊柳初飛絮，照溪畫眉渡溪去。
逢郎樵歸相媚嫵，不信姬姜有齊魯。

此詩作於熙寧六年（西元一〇七三年）。歌詠農村婦女青裙、白衫、赤足、不怕風雨，健康、質樸而有氣概的形象。首六句描寫農村婦女的妝扮，後四句描寫農村夫婦男樵女織的純潔夫妻生活。給予質樸、優美、安定的農村生活以正面的肯定。

這是一首七言古詩。此詩塑造了於潛農村婦女的優美形象。於此也看到了蘇軾用以衡量純美的尺度。即自然、健康。首四句描寫兼敘事。五、六句承上而發，敘事。這兩句特別點出「蓬沓」為古裝，意在說明於潛農家婦女不趨向時世妝，愈見其質樸。末四句描寫兼敘事，綽有古調意。

注釋：

①縞：白色絲織品。

②袂：衣袖。

③屨：麻鞋。

④觰沙：形容兩翼分張。

⑤杼：同「抒」。

⑥蓬沓：作者於另一首於潛令刁同年野翁亭詩中自注：於潛婦女皆插大銀櫛，長尺許，謂之蓬沓。

⑦老濞：指漢初劉濞封吳王，東坡賦詩，用人姓名，多以老字成句，皆以為助語，非真謂其老。

⑧相媚撫：為神態嬌媚。

⑨姬姜有齊魯：比喻齊姜、魯姬，指貴族婦女。

翻譯：

於潛女穿著青色裙子、白衣，光著一雙白皙的腳。

兩鬢梳挽成形如飛鳥翅膀的髮型；銀櫛（髮飾）橫插頭上，把髮綰住，在隄障前迎著風雨行走。

這種宮妝傳自吳越王錢氏，今天遺民還懷念著吳越國而保存了古風。

苕水楊柳結實，墜絮初飄；年輕的於潛婦女臨溪用手勻整一下眉毛，走過溪去。迎著採樵歸來的丈夫，神態顯得多麼嬌媚，使人不敢相信，世上還有什麼姬姜美女。

19. 立秋日禱雨，宿靈隱寺，同周徐二令

百重堆案掣身閑，一葉秋聲對榻眠。

床下雪霜侵戶月，枕中琴筑落階泉。

崎嶇世味嘗應遍，寂寞山棲老漸便。

惟有憫農心尚在，起占雲漢更茫然。

周指周邠，徐指徐疇。此詩作於熙寧六年（西元一〇七三年）秋。首四句寫禱雨而難眠，五、六句寫慣於寂寞，也嚐遍世情冷暖，末兩句以愛民之心為禱而作結。作者關心民間疾苦，在詩中有鮮明的表現。

這是一首七言律詩，滿紙閑情，俱成警句。表現蘇軾愛民如己的胸懷。首兩句敘事（點題），用《淮南子》：「一葉落知天下秋句意。」

接著兩句寫景，清空而妙、清新俊逸，一片清景。第三句寫視覺上的美感，第四句寫聽覺上的美感。

末四句以情收，說自己安於淡泊，即使已老了，住在山裡，也覺得安適。一片愛民之情自然流露。「便」，安適。這裡，用了《詩經・大雅雲漢詩》詩意，表現蘇軾憂民、愛民如己的情懷。（詩〈大雅雲漢〉為憂旱之詩，寫周宣王憂民之詩。）

翻譯：

文書堆積公事繁忙，抽身來禱雨，

窗外葉落，秋聲入耳，大家正對床而睡。

床下皓如霜雪，那是透進窗中的月色；睡臥枕上聽到琴聲，原是瀉落階下的泉聲。

不平的世途，其中的滋味，已經嘗遍；即使老了，寂寞的住在山中，也覺得安適。只有憐憫農家困苦的心情，還沒改變；

夜裡起來，仰視天河（雲漢指天河），心情感到一片茫然。

20.有美堂暴雨

遊人腳底一聲雷，滿座頑雲撥不開。
天外黑風吹海立，浙東飛雨過江來。
十分瀲灩金樽凸，千杖敲鏗羯鼓催。
喚起謫仙泉灑面，倒傾鮫室瀉瓊瑰。

此詩作於熙寧六年（西元一〇七三年）初秋。有美堂在杭州吳山最高處，左覽錢塘，右臨西湖，境界開闊，為這一場暴雨，寫下壯偉景象。整首詩筆勢豪放，第三句虛寫，第四句實寫，顯現出千鈞筆力，結語與李白爭雄，有不讓古人的才氣。

此詩是七言律詩。「有美堂」嘉祐二年杭州太守梅摯所建。梅摯赴吳山任時，宋仁宗贈詩：「地有吳山美，東南第一州。」因此在美山築堂，取名有美。

首句為畫家潑墨技法，筆勢豪放，墨如潑出，因而渲染了這場疾風暴雨的壯偉景象。這首詩前人推崇備至，有言：

「寫雨勢之暴，不嫌其險。」又：「純以氣勝，為詩話所盛推重。」或云：「大手。如此才力，何必唐詩？」或曰：「通首都是摹寫暴雨，章法亦奇。」或言：「奇警爽特，七律中不可多得之境。」或曰：「奇氣。」

東坡詩聲如鐘呂，氣若江河，天分高，學力厚。故逢筆所之，無不精警動人，不特在宋無此一家手筆，即置之唐人中，亦無此一家手筆也。蘇軾在杭州寫過許多雨景詩；如「山色空濛」的西湖上的細雨，「白雨跳珠」望湖樓的陣雨，無不各有特色，這一首卻是寫吳山秋雨，是一場暴雨。

俗說高雷無雨，這裡說雷從腳底起，是低雷、逆雷，預示暴雨驟至。詩首句：一、隆然一聲，雷從地起。二、有美堂濃雲充塞，推撥不開。真「奇景」。唐・陸龜〈蒙苦雨〉詩：「頑雲猛雨更相欺」。闕子陽有：「天去人尚遠，雨黑風吹海。」蓋東坡博極群書，兼用此乎？

第三、四句頷聯為千鈞筆力，為千古名句。一「立」字最為有力，乃水湧起之貌。杜甫詩：「九天之雲下垂，四海之水豎立。」蘇杜皆語句雄峻，前無古人。東坡和陶淵明〈停雲詩〉有：「雲起九河、雷立三江」之句，亦用此。

第五、六句比喻貼切巧妙。「瀲灩」，水溢。「羯鼓」，唐時自西域傳來的樂器，形容雨聲，取急驟之意。

最後兩句總寫暴雨雨水如珍珠，灑醒詩仙李白而作結。真奇筆也。《述異記》：「南海之中有鮫人（人魚）室，鮫人的眼淚變成珍珠。」「瓊瑰」，美玉。比喻詩文美如珠玉，蘇軾又送鄭戶曹：「邀君為座客，新詩出瓊瑰。」

翻譯：

有美堂的迅雷從遊人腳底轟然一聲響起；座上滿滿的濃雲凝聚不散、撥動不開。

天外捲起黑風，使得海水為之直立；浙東的暴雨為風勢所挾，飛越錢塘江而來。

雨勢之大，頓使西湖浪遒，猶如大海太滿凸過杯酒。雨聲急似敲擊羯鼓，千杖鏗鳴，繁響不絕。

這場風雨是上天給醉中李白灑臉的，要喚起他，寫出瓊瑰般的好詩來。

21.八月十五日春潮五絕

其一：

定知玉兔十分圓，已作霜風九月寒。

寄語重門休上鑰，夜潮留向月中看。

本首取三詩皆作於熙寧六年（西元一〇七三年）中秋，蘇軾在杭州看錢塘江潮而作。只寫看潮、情思、淡淡著筆，亦清灑。此詩為五絕中的第一首，先破題寫月圓之月，等待看錢塘潮湧。《周易・繫辭》：「重門擊柝」。

翻譯：

今夜的月亮必定十分圓，霜風颯颯；雖在中秋，已帶有秋月初寒的氣候。

我告訴杭州城門守城的人，不要將城門上鎖，錢塘夜潮要留待月明中觀賞。

其二：

萬人鼓譟懾吳儂，猶是浮江老阿童。
欲識潮頭高幾許，越山渾在浪花中。

此詩為五絕中的第二首，首兩句寫錢塘潮洶湧澎湃的氣象，末二句寫浪花高於越山，勾起讀者對浪潮洶湧、氣勢壯偉景象的冥想。「老阿童」指晉將王濬，小名阿童。東坡賦詩，用人姓名，多以老字足句，以為助語，非真謂其老。

翻譯：

江潮奔騰澎湃，氣勢恍如萬人喧嘩，震駭吳人；
這情形很像當年晉將王濬征吳的戰船浮江而來。
如果想知道錢塘潮潮頭高多少？
越州的龕山全陷在浪花拍擊之中。

其三：

江神河伯兩醯雞，海若東來氣吐霓。
安得夫差水犀手，三千強弩射潮低。

首兩句用「醯雞」、「海若」對比寫錢塘潮的壯觀雄偉。清人評：「壯而不獷」，「獷」，猛大、粗俗、粗惡。作者自註：「吳越王嘗以弓弩射潮頭，與海神戰，自爾水不進城。」

此詩為五絕中的第五首，首兩句極寫錢塘潮的壯觀，後二句用典，反襯潮水的宏偉。

注釋：

①醯雞：小蟲。
②海若：海神。
③霓：《說文》通訓定聲：「霓，雨與日相薄而成光。」
④水犀手：指穿水犀皮的甲士。

翻譯：

江河之於大海，是十分藐小的，海濤湧入錢塘江，勢極雄偉；怎得吳越王的甲士，用強弓硬弩把潮頭射退。

22. 無錫道中賦水車

翻翻聯聯銜尾鴉，犖犖确确蛻骨蛇。
分疇翠浪走雲陣，刺水綠鍼抽稻芽。
洞庭五月欲飛沙，鼉鳴窟中如打衙。
天公不見老翁泣？喚取阿香推雷車。

此詩作於熙寧七年（西元一〇七四年）。詩人途經無錫時，看到農人以水車抗旱，不禁熱情地寫詩歌頌。首兩句用象徵比擬水車，饒有趣味，接著寫引水的效果。後四句寫旱象不除，而心生禱雨之情。文字自然而清新。言水車之利不及雷車所霑者廣也。

這是一首詠物（水車）詩，「水車」當時為新式農具稱為「龍骨」。屬七言律詩變格。如〈和子由澠池懷舊〉是單行入律，此詩三、四句對，五、六句不對。

前人評：「形容盡致，雖少陵不能也。」又評：「只是體物著題，觸處靈通，別成奇光異彩。」又曰：「節短勢險，句句奇矯、結句四平，未諧調，然義山、韓碑，已有此句法。」

首聯描寫水車飛動的和靜止的形態。「翻翻」形容飛動的形態。「聯聯」指連在一起。「翻翻聯聯」是疊字的用法。「犖犖确确」也是疊字的用法，指嶙峋堅硬的樣子。用語奇特，比喻見巧思。

頸聯「分疇」對「刺水」，「翠浪」對「綠鍼」，「走雲陣」對「抽稻芽」。這兩句寫四處的田疇青翠的稻浪滔滔，彷彿在天上行雲佈陣，水田中的秧苗也抽出嫩芽。「綠鍼」，秧苗。

頷聯以洞庭山的五月飛沙形容旱象和鼉蟲在洞中鳴叫，比喻旱象的嚴重，上下連貫，水車的主題就分明了。「鼉」，脊椎類爬蟲。「打衙」，指衙門擊鼓，形容鼉鳴的聲音，有聽覺美。

末聯寫上天雖沒見到老農盼望雨的心意，詩人卻讚揚農人的自給努力用水車抗旱，而以「叫推雷車的鬼神阿香來下一場雨吧！」鼓勵歌頌作結。用雷車的「車」字點題「賦水車」，「車」在古音與「芽」、「衙」同韻。情真意切，愛民之心令人感動。

翻譯：

水車轉動，車葉迴旋不絕，看似鴉群銜尾而飛，
停下來活像一條瘦硬的蛻剩骨骼的長蛇。
各處田疇翠浪滔滔，如在天上行雲佈陣，
水裡的秧苗抽出了稻芽。
洞庭山在這五月天乾旱得滿地飛沙，
通常在有旱象才聽得見的鼉鳴，這時聲如擊鼓。
天公難道沒有聽到老農的哭泣？
叫推雷車行雨的鬼神阿香出來下一場雨吧！

23. 寄題刁景純藏春塢

藏春塢約為刁景純晚年所築居室，蘇軾作詩賦之。

白首歸來種萬松，待看千尺舞霜風。
年抛造物陶甄外，春在先生杖屨中。
楊柳長齋低戶暗，櫻桃爛熟滴階紅。
何時卻與徐元直，共訪襄陽龐德公。

此詩詩中有畫，以白、青、紅表現畫意，並用松象徵主人（刁景純）的高潔，末句更用典頌讚刁景純的年高德劭。詩作於熙寧九年（西元一〇七六年）。

這是一首七言律詩，「陶甄」製作陶器的轉輪，引申為觀行教化、培養人才，亦稱陶鈞。《漢書》：「聖王制世御俗，獨化於陶鈞之上。」《晉書》：「陶甄萬民。」「杖屨」，古人五十扶杖，老人入室脫鞋。

楊柳句（第五句）或謂盛唐・張謂〈春園家宴〉詩：「櫻桃解結垂簷子，楊柳能低入戶枝。」及白居易〈夢游春〉句：「門柳暗金低，簷櫻紅半熟。」起首兩句筆勢不凡。

頸聯、頷聯古人曰：「精警」。頸聯時人仿之。句法獨創，詩意亦得游行自在之趣。頷聯景中見情，更見刁景純的年高德劭。

末後以龐德公（三國時名士）作比，尤深仰慕。徐元直即徐庶，用字精工、自然、詩意綿長，尤其，敘述層次井然，以文入詩，白而不直露（用典），更增詩意，令人欽仰之中有無限迴思。

翻譯：

年老告歸，種植上萬棵松樹，期待能看到勁松千尺，凌霜舞動，

晚年歲月寄放在教化萬民之外，春天在先生的身邊。

又長又密的柳條低垂，遮暗了庭戶，熟透了的櫻桃，滴下的汁液染紅臺階，

什麼時候讓我約會了好友，同來拜訪您這位年高有德的長者。

24.韓幹馬十四匹

二馬並驅攢八蹄，二馬宛頸騣尾齊。
一馬任前雙舉後，一馬卻避長鳴嘶。
老髯奚官騎且顧，前身作馬通馬語。
後有八匹飲且行，微流赴吻若有聲。
前者既濟出林鶴，後者欲涉鶴俯啄。
最後一匹馬中龍，不嘶不動尾搖風。
韓生畫馬真是馬，蘇子作詩如見畫。
世無伯樂亦無韓，此詩此畫誰當看？

此詩作於熙寧十年（西元一〇七七年）蘇軾在徐州作。這是一首題畫詩，是作者現觀畫興感所吟詠的繪畫內容，即韓幹所畫馬十六匹（題目是十四匹，內容描述十六匹）的情態。詩中蘇軾說蘇子作詩如見畫，一語道破這十六匹馬所組成的畫面，馬匹與人物的形態皆躍然紙上。

這是一首七言古詩。首四句寫六匹馬，五、六句寫一匹馬，接著四句寫八匹馬，最後寫一匹馬，然後以詩人觀畫的感慨作結。第七、八句，古人言：「奇拔、詩中有畫、新奇」。「馬攢」指馬馳迅速，蹄似聚集。「宛」宛曲意，「騣」同鬃。

五、六、七、八句錯落有致，奇拔，「後有」此句是總挈，「前身作馬通馬語」，中簇一波，前後敘致。九句奇拔、十句新奇，十二句「不嘶、不動尾搖風」寫掉尾亦健。《周禮·夏官》：「馬八尺以上為龍。」杜甫：「須臾九靈真龍出，一洗萬古凡馬空」，氣勢如虹。

這詩用多變的筆法，敘寫十六匹馬，有分有合，既不平板，又層次井然，當中穿插「老髯奚官」，避免了平舖直述，而顯得跌宕生姿，「奚官」前有六匹馬，後有九匹馬，（奚官）騎且顧，便將這兩群聯成整群。筆法極見高明，十六匹馬神態生動，或馳、或縱、或行、或立、或嘶、或飲，如見其形，如聞其聲，再現韓幹的畫幅。

筆力超群，生動有致，詩中有畫，如見眼前。

蔡正《孫林廣記》引《王直方詩話》：「歐公〈盤軍圖〉詩云：『古畫畫意不畫形，梅詩詠物無隱情，忘形得意知者寡，不若見詩如見畫。』東坡〈韓幹畫馬詩〉云：『韓生畫馬真是馬，蘇子作詩如見畫，世無伯樂亦無韓，此詩此意誰先看？』……余以為若論詩畫，……于此畫矣。韓子畫記，只是記體，不可以入詩，杜子觀畫圖詩，只是詩體，不可以當記，杜、韓開其端，蘇乃盡其極，敘次歷落，妙言奇趣，觸緒橫生，瞭然一吟，獨立千載。」

又評：「馬十五匹錯落敘來，何等簡淨。」

方東樹《昭昧詹言》：「……敘十五馬如畫，尚不為奇。至於章法之妙，非太史公與退之不能知之。故知不解古文，詩亦不妙。放翁所以不快人意者，正坐此也。起四句分敘寫，『老髯』二句一束夾，此為章法。『微流』句欲疾。

『前者』二句總寫八匹，『最後』二句補遒足。『韓生』句前敘後議，收自道此詩。真敘起，一法也。序十五馬分合二也，序夾寫如畫三也，分、合、敘參差入妙四也，夾寫中忽入『老髯』一句議，閒情逸致，文外之文，弦外之音，五妙也，夾此二句，章法變化中，又在變化，六妙也。後『八匹』、『前者』之句忽斷，七妙也，橫雲斷山法，此以退之畫記入詩也。」分析中肯精當，可為讀者參考。

翻譯：

兩匹馬在前並馳，八蹄攢聚，
兩匹馬彎頭並行，首尾皆齊，
一匹馬縱事衝前，雙腿後舉，
一匹馬轉側相避，引頸長嘶。
滿嘴鬍鬚的老養馬官，騎著馬並且照應前後，
前身一定做過馬，才如此了解馬的性格。
跟在奚官後面有八匹馬在渡水，且飲且行，
水流到馬的嘴邊，幾乎聽到飲水聲。
前面過了河的馬，昂頭登岸，姿態似鶴鳥出林，
後面將要涉水的馬，則似鶴鳥低頭啄食。
最後還有一匹，軀幹雄俊，可說是馬中之龍，
牠神閑意定，不鳴不動，只見馬尾搖風。
韓幹畫馬畫出活生生的馬，
我寫的詩，後人看了如同看到韓幹的畫。

世上如果沒有擅於鑒馬的伯樂，也沒有擅於畫馬的韓幹了，這詩這畫又留給誰看呢？

25. 中秋月

暮雲收盡溢清寒，銀漢無聲轉玉盤。

此生此夜不長好，明月明年何處看？

這是一首七言絕句，寫於熙寧十年（西元一〇七七年）中秋。蘇軾奉命知徐州（四月到任），蘇轍同來，留了一百多日，過了中秋才離開（這是兩兄弟七年來第一次共渡中秋）。這是一首惜別的詩。首兩句寫中秋月，文字平順自然。末二句為千古離合之情，雖聚卻離，成為千古名句。表現詩人對人生無常的無奈與感慨。

紹聖元年（西元一〇九五年），蘇軾貶居惠州，曾重錄此詩，後面附記：「余十八年前中秋，與子由觀月彭城（徐州）時作此詩。以陽關歌之。」由此可知，中秋月依五維渭城曲詩平仄而成。今將王維渭河曲抄錄於後，以供讀者參考，王維〈渭城曲〉：「渭城朝雨浥輕塵，客舍青青柳色新；勸君更盡一杯酒，西出陽關無故人。」

楊萬里《誠齋詩話》評此詩曰：「五、七字絕句最少，而最難工，雖作者亦難得四句全好者。……東坡云：『……四句皆好矣。』」

劉克莊二蘇中秋月詩跋：「二蘇公彭城中秋月倡和七言，可為謫仙之看，坡五言清麗者似鮑照、庾信，閑雅者似韋、柳。前人中秋之作多矣，至此，一洗萬古而空之。詩既高妙，行書又妙絕一世。」

以上兩家說法，可供讀者參考。

翻譯：

入暮後雲氣消散，夜寒如水，
銀河寂靜，升起一輪皓月；
這一生這一夜好景不能常在，
明年的中秋，您和我又在那裡望月呢？

26.續麗人行并引

李仲謀家有周昉畫背面欠伸內人，極精，戲作此詩。此詩為宋新樂府，分三部分，今錄之於後：

深宮無人春日長，沉香亭北百花香，
美人睡起薄梳洗，燕舞鶯啼空斷腸。
畫工欲畫無窮意，背立東風初破睡。
若教回首卻嫣然，陽城下蔡俱風靡。
杜陵飢客眼長寒，蹇驢破帽隨金鞍。
隔花臨水時一見，只許腰肢背後看。
心醉歸來茅屋底，方信人間有西子。
君不見孟光舉案與眉齊，何曾背面傷春啼！

此詩元豐六年（一〇七八年）五月作於徐州。這也是一首題畫詩，寫深宮美人傷春的空虛情態，最後以賢婦孟光對比，一實一虛，更見畫龍點睛的效果。

〈麗人行〉為杜甫詩，有：「背後何所見，珠壓腰衱穩稱身。」

題畫詩應以原畫的內容與意境為準，來進行描述與闡染。蘇軾此首迥然不同，而是馳騁想像，另立新意。將周昉畫和杜甫〈麗人行〉牽合一起。創新精神，令人歎服。想像豐富、奇特。

第一部分：首句想像畫中宮女即〈麗人行〉中的麗人之一。寫美人睡起，還沒上妝；想起昨夜的歌舞與今日的鶯啼，平白引起麗人的春愁。以上想像〈麗人行〉中的麗人。

接著寫周昉的畫，具有形神兼備，清新典麗精工合一的無限詩意（無窮意），畫的是麗人「背立東風初破睡」指畫面的描寫。「陽城」、「下蔡」俱地名，為古楚貴族公子的封地。「風靡」傾倒。宋玉《登徒子好色賦》有：「東家之子，嫣然一笑，惑陽城，迷下蔡。」句，這裡描寫周昉的畫，美人回首一笑百媚生。

第二部分：想像發揮，引申〈麗人行〉詩意。構思新奇，寓莊子詼諧特色，見本詩特點。

首句寫杜甫〈麗人行〉詩意。第三句實寫曲江之景，第四句虛寫〈麗人行〉詩意。第五句用「心醉」回應第一句「杜陵」〈麗人行〉之詩意，寫相信人間有美人。以古代美女「西施」即「西子」作比。

第三部分：寓意，舉孟光與畫中女子對比，寫出作詩主旨。前二部分為第三部分作張本。

注釋：

①引：「內人」指唐代教坊妓女。
②戲作：指並非原畫之意。
③杜陵：指杜甫。
④眼長寒：指冷眼。

翻譯：

第一部分：

深宮沒有別的人，春日似覺漫長，唐皇宮御花園的沉香亭北繁花飄香，宮中的美人睡醒，淡淡的梳洗，還沒上妝，燕子在空中飛舞，黃鶯啼叫，平白引起她的春愁。

畫家想畫出宮中美人無盡的畫意，就畫美人背立在春風中剛剛睡醒。彷彿要叫她回顧嫣然一笑，使陽城下蔡的公子哥兒們都傾倒在她的石榴裙下。

第二部分：

杜甫作〈麗人行〉，寫自己挨餓遭受貴族的冷眼，騎著跛腳的驢子，帶著破帽跟隨著貴胄們到曲江。

在曲江的水邊，隔著花木，有時望見麗人一眼，
也只能從麗人的背後，看到她的腰肢。
看到麗人心醉陶陶回到茅草蓋的屋裡，
才相信人間真的有像古代美女西施一樣的美人。

第三部分：

您沒有看到古代的賢婦孟光舉案齊眉尊敬夫婿嗎？她何曾背對著人為傷春而啼哭。

27.贈劉景文

荷盡已無擎雨蓋，菊殘猶有傲霜枝。

一年好景君須記，最是橙黃橘綠時。

此詩作於元祐五年（西元一〇九〇年）初冬在杭州作。首兩句寫江南初冬的景致，借景物而擬人，比喻劉景文的節操，以菊和橘的耐寒品格為譬。

劉景文即劉季孫，景文其字，蘇軾很推重他，曾予以舉薦，曾任兩浙兵馬都監，駐杭州。故與蘇軾遊。

此詩即景生情，前兩句寫景，後兩句抒情。最後兩句似讚似惜，曲盡其妙。全首用「荷」、「菊」、「橙」、「橘」，四種季節性事物的情狀，生動細膩地描寫了深秋初冬的景致。

首句寫荷，第二句寫菊，第一句與第二句用「荷」的殘與「菊」的不畏風寒對比，比喻劉景文的節操。

第三句宕開一筆，寫人當珍惜美好時光；最後寫秋冬應該是衰敗的，但詩人別具隻眼，看到好境。就會橙黃橘綠的燦爛秋冬特色。可以看出蘇軾健康開朗的人生觀。

注釋：

①蓋：喻荷葉。

②雨蓋：指大如雨傘的荷葉。

③盡：殘敗。

④擎：舉起。

⑤殘：殘褪。

翻譯：

荷花殘敗了，已經沒有舉起荷葉的力量，
可是菊花衰褪了，卻還有在風霜中，仍然傲立的花枝；
這一年中的美好景象，您一定要記住，
就是橘橙快要成熟的初冬十分燦爛的好時節。

28.法惠寺横翠閣

朝見吳山橫，暮見吳山縱，
吳山故多態，轉折為君客。
幽人起朱閣，空洞更無物，
惟有千步岡，東西作簾額。
春來故國歸無期，人言秋悲春更悲。
已泛平湖思濯錦，更看橫翠憶娥眉。
雕欄能得幾時好？不獨憑欄人易老。
百年興廢更堪哀，懸知草莽化池臺。
遊人尋找舊遊處，但覓吳山橫處來。

熙寧六年（西元一〇七三年）春，蘇軾在杭州遊法惠寺橫翠閣作。法惠寺內的橫翠閣，地當吳山側畔，可以望見吳山橫列的翠色，故題名「橫翠」。此詩描寫吳山的姿采，朝暮變化，轉折盡態，並扣住「橫翠」，描寫樓閣像一幅翠色的簾額。從吳山橫翠，詩人觸動鄉思，想起蜀中翠色掃空的峨眉山，這一聯極其自然，末後又將馳騁的鄉思回到橫翠閣，再以設問句問「能得幾時好？憑欄人易老」。百年間的雕欄興衰，令人更悲哀，橫翠閣也會變為草莽，後代遊人尋找我昔日遊蹤，但覓吳山橫翠秀色而來。音節流暢，遣詞清婉。

翻譯：

早上晴朗時所見的吳山是一橫列，黃昏時所見吳山是直立的，吳山本多形態，轉動向您呈現它的姿容。

高士在這裡建造紅色的樓閣，閣內沒有什麼陳設，只有千步以外的吳山，自東而西，像給橫翠閣裝上一幅簾額。

又是一年的春天，歸鄉依然無期，人多說悲秋，此刻面對滿眼春色的湖山，卻更多悲思。泛舟西湖想起故鄉的濯錦江，再看到吳山橫翠，蜀中娥眉山又浮現在記憶中。

雕欄能得幾天完好？不獨我這憑欄遠眺的人，會很快老去。說百年的興衰變幻實在太可哀，料知橫翠閣定將化為一片草莽而不復存在。

後世的遊人來尋訪我的故蹟，只須找吳山橫翠的地方就是了。

29.李思訓畫長江絕島圖

山蒼蒼，水茫茫，大孤小孤江中央。
崖崩路絕猿鳥去，惟有喬木攙天長。
客舟何處來？棹歌中流聲抑揚。
沙平風軟望不到，孤山久與船低昂。
峨峨雨煙鬟，曉鏡開新妝。
舟中賈客莫漫狂，小姑前年嫁彭郎。

李思訓為唐代碧綠山水畫家，明・董其昌謂山水畫北宗始祖。他的長江絕島圖畫大孤山、小孤山，現已不傳。

蘇軾於元豐元年（西元一〇七八年）冬，在徐州看到這幅名畫，因而題詠。詩充分寫出畫中動態，可見，詩人觀察這幅畫的意境非常敏銳，而且聯想豐富。詩人寫孤山和客舟相對搖蕩，還有虛擬的歌聲，使人想像客舟中的人，也為秀美的孤山而神馳，真的把畫寫活了。詩人善於以美人喻山水名勝，如：以西子比西湖，孤山本來就有「小姑嫁彭郎」的民間傳說，詩人不費力地剪裁入詩，結得很風趣。

翻譯：

山色蒼翠，江水茫茫。大孤山和小孤山兀立在江水中央。

山崖崩缺，路徑險仄，猿鳥無蹤，只有參天喬木高插入霄。

江上的客船來自哪裡？舟子搖著櫓在江心放歌，頓挫悠揚，旋律優美。客船似要駛向孤山，江上沙洲平坦，風力輕柔，孤山望得到但一下子到不了，江波把船掀高，孤山就低下，船低下，孤山又昂高起來，船和孤山就這樣相對搖蕩。

大、小孤山在迷濛中，像一雙高髻，那是大孤山和小孤山以清澈的江水做鏡子，在理晨妝。

船中的客商，且莫為這樣美麗的山色而輕狂，小姑在前年已嫁給彭郎了。

30.月夜與客飲杏花下

杏花飛簾散餘春，明月入戶尋幽人。
褰衣步月踏花影，炯如流水涵青蘋。
花間置酒清香發，爭挽長條落香雪。
山城酒薄不堪飲，勸君且吸杯中月。
洞簫聲斷月明中，惟憂月落酒杯空。
明朝捲地春風惡，但見綠葉棲殘紅。

元豐二年（西元一〇七九年）春作於徐州。東坡《志林》載：「僕在徐州，王子立、口皆館於官舍。蜀人張師厚來過，二王方年少，吹洞簫，飲酒杏花下。余作此詩。」蘇軾詩常使用許多典故，這首詩卻是不用一典，另呈風致，足見風格多樣化。此詩大有李白詩風。

注釋：

①褰：同牽。

②青蘋：或以為花木名。

③山城：指徐州。
④杯中月：月映酒中。

翻譯：

杏花飛掠窗簾，殘春將要消散，明月照進屋子，似是有意來尋找幽居者。

牽起衣袍走出花下，月光皎潔，青蘋花浮泛在流水中。

在花間置酒，花氣清芳沁鼻，大家手挽花枝，花落如飄香雪。

山城的酒味淡，不大好飲，勸你聊為月色清美而把酒吸乾吧！

悠揚的洞簫聲在明月中沉寂下來，只怕等會兒月也落了，酒也喝完了。

到明天早上，東風捲地為虐，只能看到綠葉叢中留著幾片殘紅。

宋・趙次公評：「此篇不使事，語亦新造，古所未有。迨浯翁所謂不食煙火者之語也。」

31.舟中夜起

微風蕭蕭吹菰蒲，開門看雨月滿湖。
舟人水鳥兩同夢，大魚驚竄如奔狐。
夜深人物不相管，我獨形影相嬉娛。

暗潮生渚弔寒蚓，落月掛柳看懸蛛。
此生忽忽憂患裡，清境過眼能須臾！
雞鳴鐘動百鳥散，船頭擊鼓還相呼。

元豐二年（西元一〇七九年）從徐州移知湖洲，作於途中。詩寫夜泊湖上一夕的清新意境。周圍寂靜，詩人形影自娛。潮生洲渚，月掛柳梢。此生超脫世俗，清靜的心境即是永恆。雞叫鐘按時搖動，行舟擊鼓彼此互相招呼。詩中描寫靜態，妙合自然，從菰蒲因風振動的蕭蕭音響中見靜，從大魚驚竄的動作中見靜，從暗潮幽咽如寒蚓，柳絲月影如懸蛛的荒寒中見靜，信是神筆。

翻譯：

夜靜，船艙外，微風吹動菰蒲，發出細碎的蕭蕭聲響，大概是在下雨吧！推開船艙，看見滿湖月色。

舟子、水鳥都在夢境裡；大魚快如狐奔，驚嚇而逃。

夜色深沉，人物不相干，遺世而獨立，只與影子相戲樂。

潮水悄悄漫上沙渚，寒蚓幽咽。

平生飄忽的歲月都在憂患中度過，眼前的清境，如天地永恆。

雞啼報曉，敲響晨鐘，宿鳥驚散，船頭打鼓開行，彼此互相招呼。

32.梅花二首

其一：

春來幽谷水潺潺，的皪梅花草棘間。
一夜東風吹石裂，半隨飛雪渡關山。

元豐三年（西元一〇八〇年），寫於貶赴黃州所經麻城春風嶺路上。此詩以人喻物（擬人化）。為詠梅詩的上品。同是寄託自己的感慨，但表現手法不同。表現出詩人的風致。

翻譯：

春天到來，幽谷水聲潺潺，生長在荊棘中的梅花，十分鮮妍。

一夜之間，吹起強勁的東風，石崩土裂，落梅片片，伴隨著飛雪，飄過了關山。

其二：

何人把酒慰深幽？開自無聊落更愁。
幸有清溪三百回，不辭相送到黃州。

翻譯：

生長在幽谷中，誰來把酒賞花？
花開固屬無聊，花落就更哀愁。

幸而還有縈迴曲折的三百里清溪，
落花隨水送你到黃州。

33.紅梅三首（選其一）

怕愁貪睡獨開遲，自恐冰容不入時。
故作小紅桃杏色，尚餘孤瘦雪霜姿。
寒心未肯隨春態，酒暈無端上玉肌。
詩老不知梅格在，更看綠葉與青枝。

元豐五年（西元一〇八二年），在黃州作。蘇軾在黃州，屢詠梅花，寫梅花高潔、幽獨，寄託自己的不合時宜。此詩寫紅梅，專注於梅花的品格，從表（冰容）到裡（寒心），玉潔冰清，毫無媚骨。紅梅雖帶點桃杏的淺紅，絕不是迎合時俗，它並未改變霜雪之姿。詩中的紅梅，有人的精神面貌，是擬人化的手法。

翻譯：

既怕惹愁，又賦性疏懶，故開花獨遲，自知冰雪為容，不被時俗賞識。

即使透出一點淡紅的桃杏顏色，仍然是孤高瘦硬的傲寒之姿。

心坎裡充滿寒意，自不肯追隨凡花媚春作態，只不過酒後酡紅，偶然泛上晶瑩的肌膚。

詩翁不知道梅花的品格還在，只能看綠葉、青枝來區別於桃杏。

34.南堂五首（選其五）

掃地焚香閉閣眠，簟紋如水帳如煙。
客來夢覺知何處，挂起西窗浪接天。

元豐六年（西元一〇八三年）作於黃州。南堂在城南一里的臨皋驛。此詩寫在南堂晝寢，爐煙裊裊，簟帳如同煙水，夢醒時竟不知身在何處，掛起窗簾，才驚覺身在江湖。詩平淡自然，意境幽遠。

翻譯：

掃地焚香，閉上閣門晝寢，竹簟紋似水波，帳子輕密如煙。

有客人來訪，夢醒起來，竟不知身在何處，掛起西窗的簾幕，只看見江上波浪連天。

35.東坡

雨洗東坡月色清，市人行盡野人行。
莫嫌犖确坡頭路，自愛鏗然曳杖聲。

元豐六年（西元一〇八三年），在黃州作。此詩寫黃州東坡草堂月夜清景，風致不凡。蘇軾被貶逐黃州，躬耕東坡，自己走自己的路，不是追隨別人的杖履，路雖坎坷，但自愛自重曳杖而行，表現超脫自尊自重的不凡人品。詩意耐人尋味。

翻譯：

雨水清洗東坡，月色頓覺清亮；
街上的人走盡了，換山裡的人來走；
不要嫌山路崎嶇不平，
只是自己很喜愛曳著拐杖走過不平的山路所發出的鏗鏗聲響。

*36.*題西林壁

橫看成嶺側成峰，遠近高低總不同。
不識廬山真面目，只緣身在此山中。

元豐七年（西元一〇八四年），蘇軾從黃州往汝州，路出九江，遊廬山，在西林寺題壁。蘇軾寫廬山，不用他慣於縱橫馳騁的七古，卻將奇姿異態的廬山納入二十多字的絕句中。他沒有實寫廬山的景色，只總括了出遊的觀感；它是多態的，還沒有認識它的真面目。詩人從認識廬山的面目這一層上，提出了一個關於認識事物的帶有哲理性的問題，即是說，離開了客觀全面，凡是主觀片面，都不能認識事物的真面目。這首詩，歷來被認為是哲理詩。

翻譯：

正面望去是層疊交橫的峻嶺，側面一看卻成了嵯峨插天的奇峰，

從遠處、近處、高處、低處各個位置去看，形態隨處變換，總不相同。

為什麼認不清廬山的真面目？只因為自己置身在山裡面了。

這後兩句，是被人廣泛引用的名句。

37.書李世南所畫秋景二首（選其一）

野水參差落漲痕，疎林攲列出霜根；
扁舟一櫂歸何處？家在江南黃葉村。

此詩元祐二年（西元一〇八七年），在京師作。蘇東坡題詠李世南「秋景平遠圖」，分兩軸，前三幅為寒林，後三幅為平遠。畫已不傳。原詩三首，今得二首，這一首由平遠的畫境著筆，充滿了秋意。岸邊見到水落的痕跡，自不同於春江瀲灩；林木蕭疎，正是秋天落葉景象。黃葉村是虛寫，並非畫中所有。「家在江南黃葉村」，這一句將畫境推向無限深遠，為原畫開拓了新的意境。

注釋：

櫂：同棹，船槳。

翻譯：

江水漸落，岸邊留下了參差不一的漲痕。
一簇樹林，樹幹攲斜；飽受霜侵的樹根露出地面。
一葉輕舟，一根船槳，回去哪裡？
家就住在江南，這時正是黃葉滿村。

38. 書鄢陵王主簿所畫折枝二首（選其一）

論畫以形似，見與兒童鄰。
賦詩必此詩，定非知詩人。
詩畫本一律，天工與清新。
邊鸞雀寫生，趙昌花傳神。
何如此兩幅，疎淡含精勻。
誰言一點紅，解寄無邊春。

此詩作於元祐二年（西元一〇八七年），時蘇東坡在京師。此詩寫出蘇東坡對畫的見解。「論畫以形似，見與兒童鄰」主張繪畫注重神似，至明代發展成大寫意、小寫意；「詩畫本一律，天工與清新」主張書畫的美學觀都一樣、創作方法也一樣，要達到的最高境界，在神似上（意境、給人的感受是「清新」的美感），在畫面上，給人的感受是「精工」的美感。

翻譯：

評論畫家畫畫專以「形似」為標準，見解幼稚，與兒童差不多。

寫詩一定要寫得像詩（拘於一切法則），定然不是懂得詩的人。

詩和畫的創作精神（意境，給人的美感感受），與表現畫面的美感，是一樣的，應該講求天然工巧和清新美感。

邊鸞畫雀，栩栩如生（工筆畫）；趙昌畫花，能表現精神意態（沒骨畫）。

如何這兩幅畫，表現給人的美感感受，是如此疎淡（「清新」的精神），和精勻（精工的畫面）圓融一體。

誰說這兩幅畫，卻表現出廣袤無垠的春天生生不息、鳥語花香的景緻。

國家圖書館出版品預行編目資料

大學國文選 / 戴麗珠作. -- 初版. -- 臺北縣
中和市：Airiti Press, 2008. 09
面；　公分

ISBN 978-986-84307-4-7 (平裝)

1.國文科　2.讀本

836　　97017194

大學國文選

作者／戴麗珠
責任編輯／嚴嘉雲
執行編輯／張碧娟
校對／林炫謀
封面設計／陳映茹

出 版 者／Airiti Press Inc.
台北縣永和市成功路一段80號18樓
電話：(02)2926-6006　傳真：(02)2231-7711
服務信箱：press@airiti.com
帳戶：華藝數位股份有限公司
銀行：國泰世華銀行 中和分行
帳號：045039022102
法律顧問／立暘法律事務所 歐宇倫律師
ＩＳＢＮ／978-986-84307-4-7
出版日期／2008年9月初版
定　　價／新台幣 417 元
（若需館際合作使用，請聯絡華藝：2926-6006）

airiti press

airiti press

airiti press

airiti press